Hans Drawe

Griebnitzsee

Thriller

tredition®

Dieser Roman ist eine Fiktion.
Ähnlichkeiten mit lebenden Personen
wären rein zufällig.

Copyright: © 2017 Hans Drawe
Lektorat: Dr. Isa Schikorsky
Mein besonderer Dank gilt auch Renate Wullstein und Horst Ruprecht
Umschlag & Satz: Erik Kinting / buchlektorat.net

Verlag: tredition GmbH, Hamburg

Das Werk, einschließlich seiner Teile, ist urheberrechtlich geschützt. Jede Verwertung ist ohne Zustimmung des Verlages und des Autors unzulässig. Dies gilt insbesondere für die elektronische oder sonstige Vervielfältigung, Übersetzung, Verbreitung und öffentliche Zugänglichmachung.

Bibliografische Information der Deutschen Nationalbibliothek:
Die Deutsche Nationalbibliothek verzeichnet diese Publikation in der Deutschen Nationalbibliografie; detaillierte bibliografische Daten sind im Internet über http://dnb.d-nb.de abrufbar.

Hans Drawe wurde 1942 in Königgrätz geboren und ist Autor mehrerer Filme, Theaterstücke, dem Roman *Kopfstand* und dem Lyrikband *Seelengesichter*. Er schrieb außerdem mehrere Hörspiele, Features und Funkerzählungen für den Hessischen Rundfunk, für den er von 1978 an auch als Regisseur arbeitete. Für das Drehbuch *Ein Mädchen aus zweiter Hand* erhielt er den Bundesfilmförderungspreis, für das Stück *Der Englische Pass* (Regie: Horst Ruprecht) den Preis der Bayrischen Theatertage und den Deutschen Hörbuchpreis als Regisseur für *König der Könige* von Ryszard Kapuscinsky.

Nach einem Gespräch mit der Staatssicherheit, die den DEFA-Dramaturgen Enders für eine Mitarbeit als Spitzel zu erpressen versucht und seine Karriere in Frage stellt, beschließt er, mit seiner Frau und seinem siebenjährigen Sohn über die Mauer zu flüchten. Da er im Grenzgebiet wohnt, scheint das einfach… Doch drei Tage vor der Flucht wird die Villa neben der Mauer geräumt, in der nun ein Scharfschütze lauern könnte. Verantwortungsvoll wäre es, den Plan aufzugeben. Doch Enders hat sein Auto verkauft und sein Konto leergeräumt. Die Staatssicherheit würde misstrauisch werden und ihn und seine Familie wegen versuchter Republikflucht verhaften. Zudem wird er von seinem Freund Moritz unter Druck gesetzt, der sich mit seiner Frau bei der Flucht an seine Fersen heften will. Dieser neue Umstand führt zu einem Wettlauf mit der Zeit und einem Kampf auf Leben und Tod.

*Wer sich den Gesetzen nicht fügen lernt, muss die
Gegend verlassen,
wo sie gelten.*

Goethe

Prolog:

DAS VERHÖR

„Ich lass euch mal allein, Genossen, ja?" sagte Groeben, winkte allen zu und verließ das Personalbüro.

Der kleine dicke Blonde mit dem Babyface ging zur Tür und schloss sie ab. Sein Haar stand am Hinterkopf hoch, als ob er ein Nickerchen gemacht hätte.

Das ist das Ende, dachte Enders.

Der schlanke Rothaarige, der ein schwarzes Kunstlederjackett und einen grünen verfilzten Pulli trug, starrte ihn an.

Im Büro war es stickig. Enders' Hände schwitzten. Es roch nach Klebstoff. In einem Nebenraum klapperte Geschirr. Dann klingelte ein Telefon.

Enders fuhr sich mit der Hand in den Kragen und überlegte, welchen politischen Witz er in letzter Zeit erzählt oder was er wo gesagt haben könnte. Doch es fiel ihm nichts Belastendes ein. Er starrte Babyface an, der sich vor ihm aufgebaut hatte. Erst jetzt bemerkte er die graue Strickjacke mit dem Häschenmusterstreifen auf Brusthöhe.

Babyface schob seine rechte Hand in die Hosentasche und zog sie mit einer Plakette der *Firma* wie-

der heraus. „Was das ist, weißt du ja", sagte er mit ernstem Gesicht und setzte sich auf Groebens Stuhl. „Kannst du dir denken, warum wir mit dir sprechen wollen, Genosse Enders??"
Enders schluckte. Sein Mund war trocken. Sein Herz schlug unregelmäßig. Das Gesicht von Babyface verschwamm; war aber gleich wieder vor dem weißen Hintergrund sichtbar. „Ehrlich gestanden, nein", sagte Enders, in dessen Hals sich ein Kloß gebildet hatte.
„Nein?" Babyface lächelte. „Wir haben sehr viel Gutes über dich gehört."
„Ja?"
„Ja."
Enders fühlte sich erleichtert wie früher bei der Kommunion, wenn er den Leib Christi auf der Zunge gespürt oder ihm Pfarrer Gruber übers Haar gestrichen hatte.
„Wie lange bist du jetzt schon beim Genossen Gönner und an der Hochschule für Filmkunst?"
Eine affige Frage, da die *Firma* mit Sicherheit wusste, wie lange er bei Gönner tätig war.
„Anderthalb Jahre."
„Eine Vertrauensstellung."
„Vertrauensstellung?"
„Ihr macht immerhin Filme für das oberste Gremium der Partei, wenn wir richtig informiert sind."

„Nicht nur dafür, aber auch."
„Und an der Hochschule für Filmkunst, was ist da deine Aufgabe?"
„Dramaturgische Betreuung der Diplomfilmprojekte von Gönners Studenten."
„Wie hast du den Genossen Gönner eigentlich kennen gelernt?" fragte der Rothaarige.
„Durch Moritz Schiffke."
„Ihr seid befreundet?" fragte Babyface und zupfte sich am Ohrläppchen.
„Ja."
„Seit wann?"
„Seit meiner Zeit als Lehrer in Poswick."
Babyface nickte und blätterte in seinen Unterlagen. Dann sah er Enders wieder an.
„Du kennst auch seine Frau?"
„Natürlich."
„Gut?"
„Wie soll ich diese Frage verstehen?"
„Kannst du dir das nicht denken?"
„Nein."
Babyface grinste. „Dann wollen wir das auch nicht weiter vertiefen."
Enders spürte, dass auch sein Körper zu schwitzen begann. Sie wissen auch das, dachte er.
„Und in der Partei bist du seit wann?"
„Seit der Schriftstellerschule."

„Also ungefähr zwei Jahre."
„Ja."
„Und was hat dich damals bewogen einzutreten?"
Enders starrte auf die schmale Narbe am linken Auge von Babyface und das schütter gewordene blonde Haar. – Ja, was hatte ihn bewogen? Nach dem 11. Plenum hatte ihm Steinhuder, der Lyrikdozent und Parteisekretär des Literaturinstituts, die Pistole auf die Brust gesetzt, als er sich mit seinem Prosa-Dozenten Breuer solidarisch erklärt hatte, der wegen eines kritischen Produktionsromans in die Schusslinie der Partei geraten war und die Schriftstellerschule verlassen musste. Alle, die sich mit ihm solidarisch erklärt hatten, waren relegiert worden, außer, wenn sie in die Partei eingetreten waren oder ihr Engagement öffentlich bereut hatten. Enders wollte damals nicht wieder zurück in den Lehrerberuf und hatte sich gefügt.
„Also?" fragte Babyface mit seiner einschmeichelnd sanften Stimme.
„Meine Überzeugung."
Babyface machte ein Gesicht wie ein Angler, der einen großen Fisch gefangen hat.
Enders wusste nicht, wo er hinsehen und seine Hände lassen sollte.
„Das heißt, dass du mit beiden Beinen auf dem Boden unseres Staates stehst."

„Das könnte man so sagen, ja."
„Du bist nicht bei der Armee gewesen? Warum?"
„Wegen des Studiums an der Schriftstellerschule."
„Ah ja. Also in gewisser Weise von unserem Staat privilegiert."
„Darf ich rauchen?"
„Natürlich. Kein Problem. Wir beide rauchen zwar nicht, aber tu dir keinen Zwang an, Genosse Enders."
„Nein, dann rauche ich auch nicht."
Babyface erhob sich und ging langsam auf und ab.
„In deiner Tätigkeit als Dozent an der Hochschule für Filmkunst kommst du doch mit ausländischen Studenten zusammen, richtig?"
„Das bleibt nicht aus."
„Für uns wäre es wichtig, ihre Stimmungslage zu kennen. Wie sie sich bei uns fühlen, was sie über uns denken. Du verstehst?"
Enders nickte.
„Wir würden dich in dieser Beziehung gern hin und wieder konsultieren. Diskret, versteht sich. Was meinst du dazu?"
Enders erschrak und dachte einen Augenblick nach.
„Ich glaube, das kann ich irgendwie nicht."
„Du kannst das irgendwie nicht?" fragte Babyface erstaunt. „Warum?"
„Irgendwas sperrt sich."

„Sperrt sich? Du meinst, du möchtest uns keine Auskünfte geben, obwohl du ein Mitglied unserer Partei bist, in die du – wie du uns versichert hast – aus Überzeugung eingetreten bist." Babyface blätterte wieder in seinen Unterlagen. „Du hast auf Kosten unseres Staates zweimal studiert und beziehst – wie ich sehe – ein hohes Gehalt. Man hat dir an der Hochschule für Filmkunst die Promotion angeboten und eine Professur in Aussicht gestellt. – Glaubst du nicht, dass du der Partei auf Grund dessen zu Dankbarkeit verpflichtet bist?"
„Natürlich. Ich... das kommt nur ziemlich überraschend. Ich meine... ich müsste mich mit diesem Gedanken erst einmal vertraut machen."
„Die Frage ist, ob du für oder gegen uns bist", sagte der Rothaarige.
„Wieso? Natürlich für..."
„Dann dürfte dir die Mitarbeit bei uns keine moralischen Bedenken bereiten. Es sind doch moralische Bedenken, nicht?" fragte Babyface.
„In gewisser Weise ja", sagte Enders und kam sich wie ein in einem Netz gefangenes Tier vor.
„Falls du Zicken machen solltest, Genosse Enders, müssten wir uns natürlich auch mal über deine Karriere unterhalten", sagte der Rothaarige und warf Babyface einen triumphierenden Blick zu, als wollte er sagen: So macht man das.

„Wir kämen mal zu dir, du mal zu uns", sagte Babyface.
Dafür bin nicht der Typ, wollte Enders erwidern, doch wer weiß, was sie dann ausgeheckt hätten. „Ihr werdet mir doch sicher eine Bedenkzeit einräumen. Zumal so eine Entscheidung..."
„Bedenkzeit?" fragte der Rothaarige. „Wenn deine Einstellung zu unserem Staat klar ist – warum dann noch Bedenkzeit?"
„Schon gut", sagte Babyface. „Natürlich sollst du eine Bedenkzeit haben. Wir sind ja keine Unmenschen. Wenngleich ich das auch nicht recht verstehe, wenn man mit unserer Gesellschaft so verwurzelt ist wie du. Aber... nun ja. Wie viele Tage brauchst du denn, um zu bedenken?"
„Vierzehn?"
„Ein bisschen lang. Aber auf die paar Tage kommt es nun auch nicht mehr an. Also: In vierzehn Tagen rufen wir dich an. Bis dahin wünschen wir dir viel Erfolg in deiner Arbeit."
Babyface stand auf und reichte Enders die Hand. Dann ging er zur Tür und schloss sie auf. „Überleg's dir gut, Genosse Enders."

DIE VERGESSENEN PAPIERE

Um kurz nach Sieben schreckte Enders aus dem Schlaf. Er fühlte sich fiebrig. Die Angst krallte sich in seinen Nacken. Was machst du, wenn dem Jungen oder Hanna was passiert? dachte er und richtete sich auf.

Draußen krächzte der Rabe auf dem Strommast neben der Mauer. Kurz darauf war das Rattern des Interzonenzuges zu hören, der ohne Halt die Grenze passierte.

Es war die letzte Nacht in diesem Zimmer! Vor drei Tagen war ihm die Flucht noch sicher erschienen. Jede Aktion war genau geplant, bis die Grenzer die Villa neben der Mauer räumten.

Du bist zu unbedacht gewesen, sagte seine innere Stimme, *und hast nun auch das Leben von Tommy und Hanna gefährdet!*

In letzter Zeit suchten ihn häufig Stimmen heim, die sich als moralisches Gewissen aufspielten, ihn mit Vorwürfen überschütteten oder auf Grund seiner mangelnden Vorbereitung und Zerstreutheit verhöhnten.

Sein Hals schmerzte. Im letzten halben Jahr hatte er dreimal Angina mit hohem Fieber gehabt. Er brauchte unbedingt Penicillin! Wenn du es heute nicht schaffst, fliegt der Schwindel auf, ist es aus, dachte er.

Durch das Fenster sickerte das Morgenlicht. Der alte Jude auf dem Chagall-Poster über dem schwarzen Kunstledersessel schwenkte einen grünen Fisch und schrie seinen Schmerz in die Welt. Die gelben Wände wirkten fahl; der Raum spröde und eigentlich schon verlassen.

Im Nebenraum bereitete Hanna das Frühstück vor. Die Dielen knarrten. Hoffentlich dreht sie zu guter Letzt nicht noch durch, dachte Enders und betrachtete das Pappstück in der linken unteren Fensterkassette, das wie die Fensterscheiben mit Eiskristallen überzogen war, da der Elektroofen gegen die Kälte nicht mehr ankam.

Hanna öffnete die Tür und stellte ihm wie jeden Morgen eine Tasse Kaffee auf den Rauchtisch. Sie trug ihre Rentiermütze, Wollhandschuhe und die pelzgefütterte Jacke. Durch die schwarzen Ringe unter den Augen wirkte sie um Jahre gealtert. Die nächtlichen Wachablösungen und Schulstunden in den letzten vierzehn Tagen hatten sie zermürbt.

„Unser Elektroofen hat den Geist aufgegeben", sagte sie.

„Dann nehmt ihr meinen. Ich kann zur Not auch in der Küche arbeiten. – Was Besonderes?"

„Um Vier kamen sie drei Mal hintereinander."

„Und danach?"

„Eine Stunde lang nichts. – Kurz nach fünf kamen zwei im Jeep, gingen zur Villa und kamen erst nach zehn Minuten zurück."
„Hatten sie irgendwas dabei?"
„Zwei Kisten."
„Munition?"
„Wie soll ich das wissen?"
„Dann musst du heute Nachmittag nochmal zur Schubert."
„Die Frau zieht mich zusätzlich runter. Spricht dauernd von ihrem Mann, der sie betrügt."
„Da musst du jetzt durch, Hanna."
„Ja, ja, ja."
„Sei nicht sauer."
„Mir ist, als ob mir alle Kraft aus dem Körper gesaugt wurde."
„Morgen ist alles vorbei. Morgen können wir uns ausschlafen."
„Oder sind für immer tot."
„Wir gehen nur, wenn's sicher ist."
„Sicher? Das Ganze ist ein Vabanquespiel, das einzig und allein vom Glück abhängt. Und das weißt du genau."
Vierzehn Tage vorher, als ihn die *Firma* anzuwerben und zu erpressen versuchte, war ihnen die Flucht noch einfach erschienen. Abwarten bis die Patrouille vorüber war, Leiter an die Mauer, hoch-

klettern. Doch durch die vor drei Tagen geräumte Villa neben der Mauer hatte sich ihre Fluchtabsicht in ein tödliches Unterfangen verwandelt. Waren die Bewohner getürmt oder verhaftet? Hatte man sie zwangsevakuiert, um den vorderen Mauerabschnitt und das Westgelände dahinter besser sichern zu können?

„Wenn Tommy was passieren sollte…", sagte Hanna und hielt sich die Hände vors Gesicht. „Dann weiß ich nicht…"

„Es wird alles gut werden, Hanna."

„Und wenn wir's uns nochmal überlegen?"

„Du weißt, was uns erwarten würde. Denk an das leergeräumte Konto; deinen ablaufenden Passierschein. Kein Mensch weiß, ob sie ihn verlängern. Nicht mal Gönner. Machado hat meine Manuskripte und Karteikästen. Das Auto ist verkauft. Wer verkauft ein neues Auto, auf das er zwölf Jahre lang gewartet hat und angewiesen ist? Außerdem sitzt mir die *Firma* im Nacken. Die machen uns fertig und lochen uns ein. Tommy käme in ein Heim oder würde zur Adoption freigegeben. Willst du das? Es bleibt uns nur noch, alles auf eine Karte zu setzen und so vorsichtig wie möglich zu sein. Wenn die Villa nicht besetzt ist, sind wir auf der sicheren Seite."

Enders' ließ sich auf das Kissen fallen und starrte an die Decke.

Hanna zog ihren Handschuh aus und legte ihm die Hand auf die Stirn. „Du hast ja Fieber!"
„Mach dir keine Gedanken, ich schaff' das schon."
„Wir sollten messen."
„Nicht nötig. Ich hab' dir doch gesagt, dass ich es schaffe."
Hanna nahm die Hand von seiner Stirn und sah ihn prüfend an. „Okay, wie du willst." Ihr Blick fiel auf die graue Karte auf dem Rauchtisch.
„Wenn du um zehn bei der DHZ sein willst, musst du jetzt aufstehen."
„Ja, ja."
Beim Verkauf des Wagens hatte er vergessen, die Fahrzeugpapiere abzugeben und die Aufforderung erhalten, sie um zehn Uhr morgens bei der DHZ vorbei zu bringen. Gott sei Dank hatte Hanna die Karte einen Tag vorher vom Postboten abfangen können, da sie erst zwei Stunden später in die Schule musste. Wäre sie der Bindenfein in die Hände gefallen, hätte es mit Sicherheit einen Skandal gegeben.
„Wenn wir es nur schon hinter uns hätten", sagte Hanna und wandte sich zur Tür.
„Nimm den Ofen mit."
„Zieh du dich erst mal an."
Enders zog sich den Bademantel über den Trainingsanzug, den er über seinem Schlafanzug trug.

Kurz darauf hörte er das Motorgeräusch eines Jeeps und schmolz mit dem Daumen ein Loch in die Eisblumen.

Im West-Haus putzte sich ein Mann hinter einer Riffelglasscheibe die Zähne. Über dem Dach hing grauer Dunst, durch den nur matt das Licht der Laternen von der Westseite schimmerte. Irgendwo kläffte ein Hund.

Der Jeep hielt vor der Mauer. Auf der rechten Seite beleuchteten Scheinwerfer den Maschendrahtzaun und die Villa des berühmten Filmregisseurs.

Die beiden Grenzer trugen schmutzigweiße Schneeanzüge und Maschinenpistolen. Ihr Blick schweifte über die Mauer und den Drahtzaun, der sie nach oben hin abschloss. Der Grenzverlauf war absurd. Auf der gegenüberliegenden Seite der Straße standen alle Villen im Osten, nur das eine Haus, das sich gegenüber der Arbeitsgruppe befand, lag – von der Mauer abgegrenzt – im Westen.

Hanslick wies zur leergeräumten Villa. Der andere Grenzer nickte. Sie betraten den Pfad, der am Schubertschen Wintergarten vorbei zur geräumten Villa führte. Jetzt bemerkte Enders auch die zweite Patrouille, die hinter der Regisseursvilla auftauchte und mit einem Spürhund den Pfad am Maschendraht absuchte. Bislang hatte er in diesem Abschnitt nie Hunde gesehen. Vor der Mauer machte die Patrouille kehrt und ging in entgegengesetzter Richtung.

War jemand über Nacht geflüchtet? Das würde die Aufmerksamkeit der Grenzer erhöhen und wäre eine zusätzliche Gefahr. Möglicherweise kämen die Posten auch in kürzeren Abständen oder würden sich direkt vor der leergeräumten Villa postieren.

Enders beugte sich vor und betrachtete den Jeep. Der Rabe saß auf dem Telegrafenmast und krächzte. Die reifbedeckten Drähte bewegten sich nur leicht in der eisigen Luft. Hoffentlich erwische ich Moritz noch, dachte er. Wenn er bei der Abnahme fehlt, gibt's Zoff und wenn er hier auftauchen sollte ebenfalls.

Husten und Schritte auf dem Flur! Wer konnte das sein? Die beiden Ingenieure und der Dirigent, die ebenfalls im ehemaligen Gästehaus der DEFA untergebracht waren, schliefen um diese Zeit meistens noch.

„Grüß dich", sagte Koschwitz, der seinen Kopf durch den Türspalt schob. Er hatte ebenfalls einen Bademantel über seine Kleidung gezogen und trug eine Kulturtasche unter dem Arm. Er besaß eine Zweizimmerwohnung in der Hauptstadt, schlief jedoch in der Arbeitsgruppe, wenn er früh zum Dreh fuhr oder eine Endmischung bevorstand. Er musste spät in der Nacht zurück gekommen sein und war weder von Enders noch von Hanna bemerkt worden. Wie konnte das passieren?

„Könntest du mich in einer Stunde zur Schranke fahren?" fragte Koschwitz. „Heiner hat noch immer keinen Passierschein."

„Tut mir leid. Mein Wagen ist zur Durchsicht und außerdem hab' ich Angina."

„Hatt' ich vor drei Tagen auch. Dorle hat ein fantastisches West-Präparat. Ich frag' sie mal, ob sie noch was übrig hat."

„Sehr nett. – Kommt ihr gut voran?"

„Die Kälte hat jetzt auch die zweite Taktstraße lahmgelegt. Wir machen nur die Interviews mit dem Direktor und dem Meister."

„Dann kommst du heute also wieder zurück?"

„Am liebsten nein bei der Kälte hier. Aber du weißt ja, wie das ist. Wenn Heiner keine Lust hat, setzt er mich hier ab." Er lachte. „Fürchtet ihr euch etwa ohne mich?"

„Es ist nur wegen deines Ofens. Unserer im Wohnzimmer hat den Geist aufgegeben. Und wenn der Junge Schularbeiten macht… Er kann ja vor Kälte kaum schreiben. Und wenn ich ihm meinen…"

„Nimm ihn ruhig. Wenn ich ihn brauchen sollte, hol' ich ihn mir. – Schon was wegen dem Rohr gehört?"

„Nee, nix."

„Dann friert der Laden hier bald zu." Koschwitz hob die Hand zum Gruß und ging.
Wenn er nachts zurückkommen sollte, wäre es gut, die Sicherungen raus zu schrauben! dachte Enders. Der Schlüssel für den Sicherungskasten befand sich in einem Schrank in Gönners Büro, das nach Dienstschluss abgeschlossen wurde. Er musste versuchen, ihn während der Strategiebesprechung an sich zu bringen, wenn Gönner zur Toilette gehen sollte.
Der Rabe flatterte auf, überflog das Drahtgeflecht und ließ sich auf dem Giebel des West-Hauses nieder. Er reckte den Kopf und krächzte, als ob er sich zu seinem Flug beglückwünschen wollte.
Der Mann hinter der Riffelglasscheibe löschte das Licht. Das Haus sah nun abweisend und unbewohnt aus, zumal auch kein Rauch aus dem Schornstein stieg.
An der Abzweigung zur Stadt tauchte Gönners Wagen auf. Er brach hinten aus, kam aber wieder in die Spur und fuhr langsam auf die Arbeitsgruppe zu.
Gönner sprang aus dem Wagen und öffnete die linke Garage. Er trug einen Kamelhaarmantel und eine schwarze Wollmütze mit roter Bommel, durch die er lächerlich wirkte. Er sah zur Sonnenuhr über der Garage, als ob er die Zeit ablesen wollte, dann zur leergeräumten Villa.

Er wird mich verfluchen, dachte Enders. Die Parteileitung wird ihn absetzen. Wer weiß, ob Thalheimer dann noch seine Hand über ihn halten kann?! Gönner hatte sich ihm gegenüber immer großzügig verhalten. Ihm verdankte er die Regie am Scheberkahnfilm und die dramaturgische Betreuung der Kybernetikprojekte, die fürs ZK der Partei gedreht werden sollten. Gönner hatte ihm erlaubt, Hanna und Tommy ins Grenzgebiet zu holen und nur durch ihn war es ihm möglich gewesen, den Lehrerberuf an den Nagel zu hängen.

Der obere Teil der Villa war eigentlich den Regisseuren vorbehalten. Manche Zimmer dienten auch als Abstellräume für Gerätschaften und Filmmaterial. Im unteren Bereich befanden sich die Schneideräume, die Küche und die Büros von Gönner, Bosskopp und das Sekretariat der Bindenfein.

Enders' Blick fiel auf den Schreibtisch. Die rechte Tür hing nur noch an zwei Schrauben. Die Platte war zerkratzt; der Schirm der Lampe verbeult und die Zugfedern verrostet. Auf der Schreibplatte lagen eine grüne Schreibunterlage und zwei Einschätzungen des Jubiläumsfilms.

Neben dem Schrank, in dem noch alle Kleider hingen, stand sein Campingbeutel mit seinen Papieren, Zeugnissen und Ausweisen.

Erneut war das Klappen von Autotüren zu hören. Enders lief zum Fenster und stierte durch das Loch, das schon wieder zuzufrieren begann.

Ein schwarzer *Wolga*! Personalchef Groeben und ein Fremder stiegen aus. Wer mochte das sein? Ein Mitarbeiter der *Firma*? Wenig später hörte er Schritte auf der Treppe. Er presste sein Ohr an die Tür und hielt den Atem an. Sie bewegten sich in die andere Richtung. „Einen Ofen haben wir leider nicht mehr übrig", hörte er Gönner sagen. „Sie müssen sich vorübergehend in der Küche aufwärmen. Aber Sie sind ja noch ein junger Spund mit Hitze." Lachen. „Für die Nacht nehmen Sie sich einen aus den Schneideräumen." Öffnen einer Tür. „Sehen Sie sich das Zimmer erst mal an, danach treffen wir uns in meinem Büro."

Warum sich dieser Typ wohl ausgerechnet am Wochenende einquartierte? Sollte er sie beobachten, bis Hannas Passierschein abgelaufen war? Oder war der *Firma* von irgendjemandem in der Arbeitsgruppe gesteckt worden, dass sie Fluchtabsichten hatten? Wollte die *Firma* Beweise sammeln oder sie in flagranti ertappen? Enders stellte sich vor, wie der Typ seine Waffe zog und auf ihn richtete. Schlimm war, dass dieser Umstand Hanna noch mehr beunruhigen würde. Wenn alle Stricke reißen, muss ich ihn erledigen, dachte er und hatte ein mulmiges Gefühl in der Magengegend. Er warf zitternd die Nachtbekleidung ab und zog sich an. Die Berührung mit den Jeans war unangenehm. Er beschloss, sich die Zähne nicht zu putzen. Allein der Gedanke an die kalte Toilette und das eisige Wasser löste Schüttelfrost aus. Er rasierte sich mit dem Elektrorasierer und fuhr sich mit der Hand über die Wangen. Er sah nun frischer aus, doch seine Augen schimmerten fiebrig.

Koschwitz spülte und verließ die Toilette. Er hustete. Die Dielen knackten.

Enders zog seinen Parka an, öffnete eine Schublade und entnahm ihr das Parteiabzeichen, das er an die linke Taschenklappe steckte. Danach schlang er sich einen Wollschal um den Hals und zog den Stecker des Elektroofens aus der Dose.

DAS LETZTE GEMEINSAME FRÜHSTÜCK

Hanna strich Butter auf einen Kanten Schwarzbrot und reichte ihn Tommy.
„Gibt's denn keine Marmelade, Mama?"
„Morgen erst, wenn wir nach Poswick fahren."
„Darf ich dann wieder bei Oma und Opa schlafen?"
„Wenn du lieb bist…"
„Prima. Dann hören wir bestimmt wieder Ratesendungen im Radio", rief Tommy und biss in den Kanten. „Das Brot ist ja hart!"
„Jetzt hab' dich mal nicht so."
Hanna tauchte ein Stück Zwieback in Kamillentee.
Enders trank Kaffee und rauchte.
Sie saßen in Mänteln am Tisch.
Vom Foyer drang ein Gemisch von Stimmen und Geräuschen herauf. Türen klappten. Es surrte und scharrte.
„Wenn Sie Bosskopp sehen, sagen Sie ihm doch bitte, dass er sofort zu mir kommen soll, Frau Bindenfein, ja?" rief Gönner.
„Ich brauch' unbedingt noch einen Ofen", schrie die Hannig. „Sonst krieg ich den Schneidetisch nicht zum Laufen."
Das Fenster des Neuen ging auf den Garten im Seitenbereich. Von dort konnte er die Mauer nicht se-

hen. Ein Vorteil. Doch er konnte hören, wenn Enders die Leiter aus dem Keller holte und unvorhergesehene Geräusche machte. Er musste sich unbedingt einen Knüppel besorgen!
„Wird's hier bald mal wieder warm, Papa?"
Tommy wirkte übermüdet. Er war blass und bewegte seine Füße unter dem Tisch hin und her.
„Bald. Vielleicht schon morgen."
„Er hat die ganze Nacht gehustet", sagte Hanna. „Ich hab' ihm das letzte bisschen Hustensaft gegeben."
„Ich bring welchen mit", sagte Enders und bedeutete Hanna, ihm zu folgen.
„Iss alles auf. Wir kommen gleich wieder", rief Hanna Tommy zu und ging mit Enders zur Toilette.
„Im hinteren Zimmer zieht einer ein. Hast du es auch gehört?" fragte Enders.
Hanna wurde blass. „Glaubst du, dass er von der *Firma* ist?"
„Möglich."
„Ich kann nicht mehr", sagte sie und lehnte ihren Kopf an seine Schulter.
Schritte näherten sich. Die obere Toilette wurde nur selten von Mitarbeitern benutzt.
Klopfen.
„Herr Enders?"
„Was machen wir jetzt?" flüsterte Hanna.

Enders wunderte sich, wie ruhig er blieb, als er die Tür öffnete.

„Oh, Entschuldigung", sagte die Sieber, als sie Hanna entdeckte. Sie trug eine Lammfelljacke und passende Boots. Ihre Lippen waren grellrot geschminkt und über ihrem weißen Rollkragenpullover hing eine vergoldete Kette mit blauem Stein.

„Hallo, Frau Sieber", sagte Enders mit leidendem Gesicht. „Ich hab' meiner Frau gerade meinen entzündeten Hals gezeigt."

Hanna schob sich mit einem fröhlichen *Guten Morgen* durch die Tür.

„Ich dachte, Sie liegen noch im Bett", sagte die Sieber und kramte in ihrer Handtasche. „Doch ihr Sohn sagte mir, dass ich sie hier finden werde."

Koschwitz war inzwischen mit Gönners Assistenten Bieske an die Schranke gefahren. „Der Arme hat ja viel zu tun im Augenblick. – Er sagte mir, dass Ihr Wagen zur Durchsicht ist. Sie haben ihn doch grade erst gekauft?"

„Nicht zur Durchsicht. Irgendwas mit den Bremsschläuchen."

„So was. Bei einem neuen Wagen?! In welcher Werkstatt sind Sie denn?"

„In der Stadt."

„Ist denn da neuerdings eine Vertragswerkstatt für Ihren *Škoda*?"

Enders erinnerte sich an einen Schuppen, den er in der Nähe von Machados Wohnung entdeckt hatte: „Bei Kaminke. Am Nauener Tor. Die machen das auch."

„Da muss ich heute auch hin. Kaminke hat mir Winterreifen versprochen."

Enders riss sich zusammen, um sie seinen Schreck nicht merken zu lassen. „Da haben Sie aber Glück. Für uns hatten sie leider keine mehr."

„Haben Sie's denn mit Devisen versucht?"

„Devisen?" fragte Enders grinsend. „Haben wir leider nicht."

Die Sieber seufzte. „Auf Dauer kann sich die Partei das natürlich von diesen Schiebern und Spekulanten nicht mehr gefallen lassen."

Enders starrte auf die knubbeligen Finger, die sich wie Würmer in das Innere der Tasche fraßen. „Da sind sie ja", rief sie. „Gegen Fieber und Schmerzen. 3 Stück. Über den Tag verteilt im Mund zergehen lassen. „Gert sagte mir, dass Sie Opus 131 und 132 von Beethoven haben. Könnten Sie uns die vielleicht leihen?"

Enders suchte fieberhaft nach einer Ausrede, beschloss dann aber, bei der Wahrheit zu bleiben: „Tut mir leid, die habe ich Machado geliehen."

„Machado? Das ist ja putzig. Was will der denn mit Beethoven?" lachte sie.

„Unser Kulturgut kennenlernen."

„Ach. – Na, da kann man nichts machen. Es hätte uns einige Wege erspart. Bye, bye." Sie winkte und wackelte über den Flur.

Die Sieber war Schnittmeisterin und die Tochter des stellvertretenden Ministers für Kultur, der ein guter Freund Thalheimers war. Beide hatten im Spanienkrieg gekämpft und galten als Ikonen der Partei. Aus diesem Grunde verfügten sie und ihr Mann über Devisen und erhielten Sonderzuwendungen. Sie bewohnten eine der Villen am See, obwohl sie nur einen Sohn hatten. Ihr Mann arbeitete ebenfalls in der Arbeitsgruppe, drehte linientreue Filme mit politischer Thematik und galt als Favorit für den Posten des Direktors der Filmhochschule.

Enders schob sich eine Tablette in den Mund und sah auf die Uhr. Die Zeit wurde knapp. Draußen fuhr erneut ein Auto vor. Lachen, fremde Stimmen. Er lief zum Fenster, kratzte ein Loch in die Eisblumen und sah auf der gegenüberliegenden Straßenseite einen schwarzen *Wolga*. Wer mochte das sein?

DIE BEGEGNUNG MIT DEM NEUEN

Tommy hustete. Enders machte sich einen Knoten in sein Taschentuch, um an den Hustensaft zu denken.

Hanna hatte einen hellroten Lippenstift aufgetragen und die schwarzen Ringe unter den Augen mit Make-up übertüncht. Tommy trug den Wollschal und die Wollhandschuhe von Oma.

„Dass du mir die Handschuhe bei der Kälte ja anbehältst, verstanden?" sagte Hanna.

„Wenn sie aber kratzen?"

„Kratzen ist nicht so schlimm wie krank werden."

Tommy zog wie immer eine Flunsch und starrte auf den Boden.

„Ist ja gut." Hanna legte ihm den Arm um die Schulter.

Erst in diesem Augenblick fiel Tommy ein, dass er das Geld für den Aquariumsbesuch abgeben musste, der für den Montag vorgesehen war.

„Wieder auf den letzten Drücker!" schimpfte Hanna. „Hast du Kleingeld?" fragte sie Enders.

„Nein. Du weißt doch…"

„Dann musst du es eben in der Schule vorbei bringen."

„Ja, ja", erwiderte Enders zerstreut, da sein Blick auf die Tür des Neuen gefallen war.

„Komm jetzt", sagte Hanna zu Tommy und zog ihn hinter sich her.

In diesem Augenblick betrat der Neue den Flur und schloss die Tür ab, obwohl das in der oberen Etage unüblich war.

„Oh, sind Sie neu hier?" fragte Hanna und streckte ihm die Hand entgegen. „Hanna Enders."

„Friedrich Schaber."

„Wohnen Sie jetzt hier?"

„Für den Übergang."

„Aber Sie sind doch noch nicht eingezogen?"

„Und wenn doch?" fragte Schaber grinsend.

„Es war nur eine Frage", sagte Hanna und starrte auf sein spitzes Kinn, das sie an das tapfere Schneiderlein vom Fernsehen erinnerte.

Schabers Kopf schien mit der Schulter verwachsen zu sein. Seine Nickelbrille passte nicht so recht zu seinem durchtrainierten Körper. Die breiten Schultern und kräftigen Oberarme flößten Enders Respekt ein. Du musst ihn beim ersten Schlag erwischen, dachte er und streckte ihm ebenfalls die Hand entgegen. „Enders. – Genosse Gönner hat mir gar nichts von einem Neuzugang erzählt."

„Nein?" Schaber lachte kurz auf, ging zur Treppe und wies zum Foyer. „Besprechung."

„Unten ist bestimmt jemand, der uns fährt", sagte Enders zu Hanna.

„Ich kann jetzt mit niemandem reden. Wenn wir schnell gehen, schaffen wir es schon."

Kurz darauf ging Enders wie zufällig an Gönners Büro vorbei und lauschte. – Nur Gemurmel.

In der Küche hockten die Schnittmeisterinnen Gruhlke und Hannig, die als solide Arbeitstiere galten.

„Gestern noch fertig geworden?" rief Enders der Hannig zu.

„Schön wär's."

„Sie Arme. Dann geht es heute wohl wieder so lange?"

„Wenn bei Anneliese nichts vorliegt…"

„Tüchtig, tüchtig." Enders streckte den Daumen hoch und dachte, dass das ein weiterer Unsicherheitsfaktor sei, der jedoch durch Warten ausgestanden werden konnte.

„Gott zum Grußhe."

Bosskopp! Der hatte ihm gerade noch gefehlt!

„So schreckhaft?" fragte Bosskopp und entblößte seine nikotingelben Zähne. *Gott zum Grußhe* war eine seiner Floskeln. Er hatte Philosophie bei Bremer und Literatur bei Lippmann studiert, worauf er stolz war, obwohl die beiden sich schon vor dem Bau der Mauer in die BRD abgesetzt hatten.

„Ich bräuchte bis Montag einen vorläufigen Aufriss der Künstlerporträts", sagte Bosskopp, der eine schwarze Ledermütze und einen roten Kaschmirschal trug. „Du weißt ja, was das ZK von uns erwartet. Schließlich halte ich als Hauptdramaturg meinen Kopf dafür hin. Außerdem hätte ich gern mal ein Viertelstündchen privat mit dir gesprochen. Montagvormittag?"
„Montagvormittag ist günstig. Heute muss ich noch zum Arzt. Angina. – Hier." Enders streckte seine Zunge heraus.
„Ja, ja, schon gut." Bosskopp hielt sich den Schal vor den Mund. Er galt als Hypochonder, obwohl er vierzig Zigaretten pro Tag rauchte.
„Ich müsste zur Straßenbahnhaltestelle. Aber es ist wieder mal niemand da, der mich fahren könnte. Könntest Du mich bringen?"
„Natürlich gern, das weißt du. Aber heute hat meine Frau den Wagen. – Wo ist denn deiner?"
„In der Werkstatt."
„In der Werkstatt? Ein nagelneuer Wagen?" fragte Bosskopp ungläubig.
„Mein Problem ist, dass ich heute noch einen Termin bei Gönner habe, um die Einschätzung zum Jubiläumsfilm durchzusprechen. Doch wenn ich nicht zum Arzt gehe und kein Penicillin bekomme, steh ich das nicht durch. Er hat jetzt Leute im Büro, da will ich nicht stören."

Bosskopp schlug sich mit der Hand an die Stirn. „Mein Gott, das hab' ich ja völlig verschwitzt. Der neue Plan. – Ich werd's ihm ausrichten. Krank ist krank."

Bosskopp schlug den Weg zu Gönners Büro ein. Plötzlich blieb er stehen und drehte sich um. „Mir fällt gerade ein, ich habe mir neulich mit Sieber dein Material von der Scheberkahn angesehen. Dazu gibt es einiges zu sagen. Vor allem zu den Interviewpassagen. Da muss unbedingt nachgedreht werden. Das muss man politisch und ökonomisch tiefer ausloten. Da müssen auch die neusten Parteitagsbeschlüsse mit rein."

„Ihr habt ohne mich mein Material angesehen? Ich bin doch noch gar nicht fertig. Ich…"

„Beruhige dich", sagte Bosskopp. „Es ist ja nur zu deinem Besten. Oder bist du schon so hochnäsig, dass du dir nicht mehr helfen lassen willst?"

„Darum geht's doch gar nicht. Ich habe nur was dagegen, dass ihr in meiner Abwesenheit in meinem Material herumschnüffelt."

„Ich würde dir empfehlen, das Wort schnüffeln zu vermeiden. Schließlich gehören wir einer Partei an. In gewisser Weise fühlen wir uns für dich verantwortlich. Das solltest du zu schätzen wissen, statt uns Schnüffelei vorzuwerfen. Der Scheberkahnfilm ist eines der ehrgeizigsten Porträts über eine unse-

rer besten Wirtschaftsführerinnen. Da wird das ZK ein besonderes Auge drauf haben. So ein Film ist nicht im Alleingang zu machen. Ich hab' keine Lust, mich vom ZK maßregeln zu lassen."
Enders schluckte seine Wut herunter.
„Du solltest ein bisschen mehr Vertrauen zu mir haben, Georg. Vor allem wissen, wer deine wirklichen Freunde sind und dir den Umgang mit bestimmten Leuten genau überlegen."
„Wie meinst du das?"
„Denk mal nach und lass uns Montag drüber reden."
In der Zwischenzeit waren die Gruhlke und die Hannig in den Schneideräumen verschwunden.
Enders ging in die Küche und goss sich den Rest des Kaffees aus der Kaffeemaschine ein. Danach versuchte er, von Bosskopps Büro aus ein Taxi anzurufen. Auf dem Schreibtisch lag das Scheberkahnmanuskript, an dem ein Zettel mit krakeliger Schrift hing: Ideologische Löcher; siehe Rede des Staatsratsvorsitzenden vom 16. 4. // 5/15 Zitat als Hinweis einbringen; Rede des Genossen Morgenfalter, 26. 5. bei Kommentar berücksichtigen.
Arschloch, dachte Enders und wählte. Besetztzeichen. Er legte auf, steckte sich eine Zigarette an und wählte nach einigen Minuten erneut. Dasselbe Spiel! Nach dem dritten Versuch gab er auf, stürzte

den Rest des Kaffees in sich hinein und verließ die Arbeitsgruppe. Sein Blick fiel auf die Mauer und das Drahtgeflecht. Hoffentlich ist da keine Alarmanlage versteckt, dachte er und warf kurz einen Blick auf die leergeräumte Villa, die friedlich unter den schneebedeckten Bäumen dahindämmerte.

Die Villa auf der Westseite war dunkel und wirkte wie immer abweisend. Direkt davor stand eine schwarze Limousine, in der ein dicklicher Fahrer mit Pelzkappe bei laufendem Motor saß und die Parteizeitung las. Offenbar hatte er einen Bonzen vom ZK gebracht. Vor der Regisseursvilla parkte ebenfalls eine schwarze Limousine, doch ohne Fahrer.

Enders fragte sich, wo Schaber abgeblieben war? Inspizierte er den Keller? Es wäre verhängnisvoll, wenn er entdeckte, dass die beiden Leitern nicht angeschlossen sind. Im Grenzgebiet hatten alle Leitern angeschlossen zu sein. Sie durften nur bei Reparaturarbeiten in Anwesenheit von zwei bewaffneten Grenzern aufgeschlossen werden.

Von der hinteren Mauer, die quer über die Straße verlief, schoss ein Jeep heran und fuhr langsam neben Enders her.

„Hallo, Herr Lehrer", rief Hanslick. „Ganz schön kalt heute."

„Ja. Verdammt kalt."

„Wo haben Sie denn ihr Auto gelassen?"

„In der Werkstatt."
Hanslick sah kurz zum anderen Grenzer. „Wir würden Sie ja gerne mitnehmen, aber es ist uns verboten. Wir wollen uns nichts einhandeln."
„Nein, nein, ich schaff das schon", sagte Enders und entdeckte den Orden an Hanslicks Brust. „Hast du einen Orden bekommen, Dieter?"
„Hab' einen geschnappt, der mit Schlittschuhen über den Griebnitzsee wollte."
„Ich wusste, dass auf dich Verlass ist", sagte Enders und rang sich ein Lächeln ab.
„Danke, Herr Lehrer. Ich soll Sie übrigens von meinem Vater grüßen." Er hob die Hand zum Abschied und brauste davon.
Hanslick hatte sich freiwillig an die Grenze gemeldet, um nach seiner Armeezeit Medizin studieren zu können. Sein Vater war Major bei einer Eliteeinheit in der Hauptstadt. Enders hatte den Jungen in der 7. und 8. Klasse unterrichtet, als er noch in Poswick für zwei Jahre Lehrer gewesen war.
Er sah auf die Uhr. Ihm blieb nur noch eine Dreiviertelstunde! – Ideologische Löcher! Er hatte Bosskopp von Anfang an nicht gemocht und erinnerte sich an ihr erstes Gespräch im *Café Licht*. Den Käsekuchen, den Bosskopp in sich hinein gestopft hatte und das gönnerhafte Nicken, als Enders ihm seinen Lebenslauf erzählte. – Lyrik, aha. Blö-

des Grinsen. Und sonst? Prosa, aha. Sommer mit Pilzen. Roman also auch. Gut, gut. Aber journalistisch hast du noch nicht gearbeitet, oder? Ist bei uns aber angesagt. Texte von Autoren aufpolieren. Seine winzigen gelben Zähne! Als ob sie vom vielen Käsekuchenessen abgerieben worden wären. Die rote, vom Käsekuchen verschmierte Zunge, die über die Lippen leckte. Du bist ja noch ein bisschen jung für diese verantwortungsvolle Arbeit. Aber Genosse Gönner wird schon wissen, was er tut. Er hat schon vielen jungen Leuten eine Chance geboten. Da ist er großzügig. Käsekuchen. Laber, laber.
Aus der Richtung des Schlagbaums kam ein weißer *Käfer* mit schwarzem Verdeck angeschlichen; schlitterte, fing sich aber wieder. Nur wenige Meter dahinter fuhr ein Jeep der Grenzer, in dem zwei Offiziere saßen. Sie hupten und überholten den stoppenden *Käfer*.
„Hey", rief Krassberg, der das Seitenfenster herunter gekurbelt hatte. „Seit wann läufst 'n du zu Fuß?"
„Mein Wagen ist in der Werkstatt, und ich muss zum Arzt."
„Zum Arzt?"
„Angina. Schon seit gestern. Und heute Nachmittag die Jubiläums-Abnahme!"
„Okay", sagte Krassberg, „steig ein, ich hab' noch bisschen Zeit."

PROBLEME AN DER SCHRANKE

Enders hielt die Hände an die Heizungsschlitze der Windschutzscheibe und schüttelte sich. „Scheiß Kälte."
„Keine Handschuhe?" fragte Krassberg.
„Neulich beim Drehen verloren. Und hier kein Laden, wo man so was kaufen kann."
„Wenn's überhaupt welche gibt."
„Handschuhe gibt's doch bestimmt", sagte Enders, der sich auf keine Diskussion über Mangelwirtschaft einlassen wollte. Dafür kannte er Krassberg noch zu wenig.
Der *Käfer* war mit schwarzen Ledersitzen ausgestattet und auf Hochglanz poliert; hatte einen lederbezogenen Schaltknüppel und ein Sportlenkrad. Krassberg galt als cleverer Produktionsleiter, der weder der Partei angehörte, noch sich durch besondere gesellschaftspolitische Aktivitäten auszeichnete. Er war eigentlich ein Fremdkörper in der Arbeitsgruppe, in der die Mitarbeiter schon wegen der Nähe zur Mauer Parteigenossen waren. Doch da er Ersatzteile für Kameras oder Schneidetische rasch und preiswert besorgen konnte, verstummten Kritiker wie Bosskopp und Sieber, zumal für rechtzeitig fertig gestellte Filme üppige Prämien winkten.

Krassberg drehte den Wagen und fuhr in Richtung Schlagbaum. „Wo willst'n hin?"

„Torcafé."

„Torcafé? Da bin ich ja ne Stunde unterwegs, hin und zurück."

„Ich komm' sonst unter Druck. Sei mal kein Frosch."

Krassberg schaltete vorsichtig und gab nur wenig Gas. „Hals- Nasen- Ohren in der Nähe vom Torcafé. Muss ich mir merken." Er fischte sich eine HB aus der Schachtel, die auf der Mittelkonsole in einem Halter steckte. „Bedien' dich."

„Wo kriegst'n du die immer her?"

„Wo wohl? Lass sie dir trotzdem schmecken."

Sie rauchten.

„Deiner Frau scheint's nicht besonders zu gehen, oder?" fragte Krassberg.

„Wieso?"

„In letzter Zeit ziemlich dünn geworden. Das sagen auch die Andern."

„Die Andern?"

„Gönner, Bosskopp, die Hannig."

„Ja. Das macht uns auch Sorgen."

Enders hustete und starrte auf die Uhr. Die Zeit zerrann. Er stellte sich die Bindenfein beim Anruf des Beamten vor. *Die Fahrzeugpapiere? Hat Herr Enders denn seinen Wagen verkauft? Was sie nicht*

sagen! Der schwarze Flaum auf ihrer Oberlippe zittert. Sie stakst in Gönners Büro. Ihr Holzbein knallt aufs Parkett. *Stellen Sie sich vor, Genosse Gönner, Enders hat sein Auto verkauft!*
Der *Käfer* rutschte. Krassberg lenkte dagegen. Dennoch schob sich der Wagen quer und steckte fest.
„Verdammter Mist, auch das noch. Dieser blöde Hinterradantrieb. Du musst jetzt mal schieben."
Enders sprang aus dem Wagen, lief nach vorn und drückte sich mit dem Körper dagegen. Doch die Räder drehten durch.
„Warte, wir legen Lappen unter", rief Krassberg. Er klappte vorn den Kofferraum auf, entnahm ihm einige Lappen und platzierte sie unter den Rädern. Dann stieg er wieder ein.
Enders schob und schnaufte, bis die Räder griffen.
„Mit Sommerreifen bei dem Schnee", rief Krassberg und steckte sich erneut eine HB an. „Winterreifen krieg ich nur drüben. Oder gegen entsprechende Währung. Hab ich im Augenblick aber nicht."
„Das ist das Problem bei diesen Autos."
„Für unsere musst du auch Devisen hinblättern. Ich könnte höchstens in Stöbern welche kriegen. An der Grenze im Süden. Fast fünfhundert Kilometer von hier und das bei dieser Kälte mit Sommerreifen, nee."

Enders presste seine rot gefrorenen Hände abermals an die Heizungsschlitze.

Der Wagen schlingerte nur noch leicht, da auf dem letzten Teilabschnitt der Bonzenwohnungen gestreut worden war. Der Motor brummte satt.

„Ich hab' mich nach Rohren umgehört. Für die Klempner ist Rohr ein Fremdwort heutzutage. – Aber wir ziehen ja eh bald um."

„Wir ziehen um? Wann?"

„Spätestens in einem Monat. Oder früher. In die Hauptstadt. Wäre sowieso besser, weil dort die meisten Produktionen sind. Und dann die Fahrerei ins Grenzgebiet. Für die Auftraggeber unmöglich. Ich hab' da auch schon Räume gefunden."

„Komisch, dass ich nichts davon gehört habe."

Krassberg bremste vorsichtig, um vor dem Schlagbaum nicht ins Rutschen zu kommen. Dahinter überquerten mehrere Grenzer mit Hunden die Straße.

„Sind die schon hier gewesen, als du rein gefahren bist?"

„Ja. Wieso?"

„Nur so."

Vor dem Wachhäuschen stand ein pickliger Grenzer mit einem Cape, die MP im Anschlag. Auf der Senke seines Käppis lag ein schmaler Schneefilm, da es erneut zu schneien begonnen hatte.

Der Picklige beugte sich an Krassbergs Fenster. „Kofferraum und Motorhaube öffnen. Passierschein."

„Ich bin doch eben erst rein. Erinnern Sie sich nicht?"

„Aufmachen und Passierschein."

„Ihr habt ihn doch eben erst gesehen", rief Krassberg wütend.

„Wenn Sie sich hier aufblasen, können wir auch anders", sagte der Picklige und reichte den Passierschein zu einem schmalgesichtigen Grenzer im Wachhäuschen weiter. Danach forderte er Enders auf, auszusteigen und den Passierschein zu zeigen.

„Ich bin erkältet", sagte Enders.

„Und warum liegen Sie dann nicht im Bett? Aussteigen. Sie wohnen auch im Grenzgebiet?"

„Ja. Wieso?"

Der Picklige ging zum Häuschen und reichte auch Enders' Passierschein hinein.

Vor dem Schlagbaum postierten sich Soldaten mit Hunden und Maschinenpistolen.

Was war hier los? Was hatten sie wieder vor? Wussten sie bereits von seiner Fluchtabsicht? Doch wie sollte das möglich sein? Er hatte außer mit Machado mit niemandem darüber gesprochen. Gab es Wanzen in der Arbeitsgruppe?

Krassberg stampfte mit dem Fuß auf. „So'n Scheiß! Wenn ich das gewusst hätte!"

Enders bibberte, hauchte sich auf die Hände, hüpfte auf der Stelle und schüttelte sich die Schneeflocken vom Haar. Die Kälte krallte sich in seine Waden und Schenkel. Was mach ich, wenn sie Tommy erschießen? Oder Hanna? – Nein, daran durfte er gar nicht denken.

„Hören Sie endlich mit der blöden Springerei auf", schrie der Picklige.

„Mir ist kalt, verdammt", schrie Enders.

„Aufhören!" rief der Picklige und riss die MP hoch.

„Das ist ja Wahnsinn", schrie Krassberg. „Wir haben doch gar nichts gemacht!"

„Ruhe. Oder Sie fahren rechts ran und bleiben hier, bis Sie zum Schneemann geworden sind."

Nur noch neunzehn Minuten, dachte Enders und verschob seinen Schal, um sein Parteiabzeichen sichtbar zu machen. – Dieser beschissene Bosskopp! – *Sie haben Ihr Auto verkauft, Georg,* hörte Enders Gönner fragen. *Warum? Sie brauchen es doch hier.*

Auf der anderen Seite des Schlagbaums hielt der rote *Fiat* von Pikov. Der Grafiker drehte die Scheibe herunter und reichte seinen Passierschein heraus.

Pikov winkte ihnen zu. Er war an den meisten Filmen von Gönner mit Trickanteil beteiligt. Vor einiger Zeit hatte es einen Streit zwischen ihm und Krassberg gegeben. Seitdem versuchte Krassberg, den jungen Grafiker Wolker ins Gespräch zu bringen, von dem er Provision erhielt.

„Was ist los?" rief Pikov.

„Keine Ahnung", schrie Krassberg. „Weiß der Teufel, was los ist."

„Ruhe", rief der Picklige. „Steigen Sie ein." Gleich darauf kam er mit Krassbergs Passierschein zurück. Hinter dem Schlagbaum bogen mehrere Jeeps in die Karl-Marx-Straße ein.

Enders' Magen krampfte sich zusammen. In den letzten Wochen hatte er nur unregelmäßig gegessen. Er dachte an knusprige Brötchen, heißen Kaffee und ein weichgekochtes Ei. Sein letztes hatte er beim Abschiedsbesuch bei Hannas Eltern zu sich genommen.

„Was machen die bloß so lange mit deinem Passierschein."

„Möcht' ich auch gerne wissen."

Von hinten näherte sich der Jeep mit den beiden Offizieren. Er hielt direkt vor der Schranke. Die Grenzer salutierten. Einer der Offiziere mit hängender Unterlippe ging zum Telefon im Wachhäuschen und telefonierte. Der zweite sprach mit dem Pickligen, der danach das Wachhäuschen verließ, den Schlagbaum öffnete und Pikov durch winkte.

„Hätt' ich mich nur nicht auf diesen Scheiß eingelassen", rief Krassberg, während Pikovs *Fiat* neben ihm hielt. Doch der Picklige bedeutete ihm, weiter zu fahren.

Auf der anderen Seite fuhr die Prokuleit an den Schlagbaum. Sie trug eine Art Pilotenmütze mit Fellaufsatz, wodurch ihre schiefe Nase noch schiefer wirkte. Neben ihr saß Nuja, der Tonmann. Er hieß Fimov und war mit dem Kameramann Pawlitsch aus den befreundeten Republiken in die DDR gekommen. Die meisten seiner Sätze begann mit „Nu ja", was ihm den Spitznamen Nuja eingebracht hatte. Durch sein schwarzes lockiges Haar wirkte er wie ein feuriger Zigeuner. Er rauchte Zigaretten mit einem langen Pappmundstück, das er während des Rauchens zerkaute.

Die Prokuleit hatte als Cutterin im Studio begonnen, Gönner geheiratet und sich nach und nach zur Regisseurin entwickelt. Sie galt als exzellente Handwerkerin, die wirkungsvolle Filme drehte, wenn gute Rechercheure für sie arbeiteten.

Der Grenzer öffnete den Schlagbaum und winkte sie durch.

„Irgendwelche Probleme?" fragte sie Krassberg.

„Sein Passierschein." Krassberg wies auf Enders.

„Abgelaufen?"

„Nein, nein", rief Enders.

„Draußen stehen lauter Jeeps und Grenzer mit Hunden."

„Nu ja, wahrscheinlich Übung."
„Weiterfahren", schnauzte der Picklige.
„Bis später", rief die Prokuleit und gab Gas.
Der Offizier mit der hängenden Unterlippe kam auf Enders zu.
Im Hintergrund postierte sich der Picklige mit der Maschinenpistole.
Enders sah kurz auf die Uhr. Die Zeit war um. Der Beamte konnte jeden Augenblick anrufen. Dann würden sie ihn gleich an der Schranke verhaften, wenn er wieder reinfahren wollte.
Enders kurbelte das Fenster herunter und brachte sein Parteiabzeichen in Blickrichtung.
„Haben Sie und Ihre Familie einen Zuzug fürs Grenzgebiet, Herr..." Er stutzte. „...Genosse Enders?"
„Ohne geht's doch gar nicht, oder?"
„Schön. Wir prüfen das natürlich nach."
„Kein Problem."
„Idioten", rief Krassberg. „Ich fahr' dich jetzt bis zur Straßenbahnhaltestelle, okay?"
Enders fühlte sich wie am Roulettetisch. „Tu mir den Gefallen und bring' mich bis zum Torcafé. Ich versprech' dir auch, dass ich mich für Wolker einsetze."

EIN KORRUPTER PAKT

„Ist dir an die Nieren gegangen, wie?" fragte Krassberg hinter der Schranke.

„Wieso?"

„Weil du blass wie'n Milchkäse bist." Er lachte.

Sie fuhren an Jeeps und rauchenden Grenzern mit Maschinenpistolen und Hunden vorbei. An der rechten Straßenseite, Richtung Filmhochschule, parkten Last- und Kübelwagen.

Am Konsum ächzte sich ein dicker General aus einer schwarzen Limousine. Ein Hauptmann brüllte Kommandos.

„Das möcht' ich nicht mehr machen müssen", sagte Krassberg, der drei Jahre bei den Pionieren gedient hatte. „Männeken baun und der ganze Scheiß. – Bei welcher Truppe warst'n du?"

„Bei keiner."

„Bei keiner?"

„Zweimal studiert, dann zu alt."

„Das nenn ich Schwein."

Die Soldaten standen in Reih und Glied auf dem verschneiten Bürgersteig und erwiderten den Gruß des Generals. Der General ließ rühren und hielt eine Rede über Grenzsicherung. Seine Worte hallten über den Platz.

Es war jetzt nach zehn. Enders sah Hanna und sich bereits im Gefängnis. Tommy in einem Kinderheim. Ihm wurde übel. Er schloss die Augen und versuchte, den Brechreiz wegzudrücken.

Krassberg schnaufte und machte seine Zigarette in dem winzigen Aschenbecher aus. „Was meinten die denn, dass du keinen Zuzug haben könntest? Das ist doch merkwürdig."

„Keine Ahnung."

„Wir haben uns damals ja alle gewundert, als deine Frau und dein Junge eingezogen sind."

„Meine Frau hätte ohne Genehmigung gar keine Stellung als Lehrerin bekommen", sagte Enders so lässig wie möglich.

Die Wahrheit war, dass das Schulamt gar nicht nach der Zuzugsgenehmigung gefragt hatte, da es davon ausging, dass bei einem Mann wie Gönner alles seine Richtigkeit hat.

„Für euch wär's ja leicht, die Flatter zu machen", sagte Krassberg grinsend.

„Klar. Ich denk' an nichts anderes", sagte Enders lächelnd.

„Mal ehrlich: Hast du nie mit dem Gedanken gespielt?"

„Was soll der Scheiß? Meine Eltern sind vor Jahren vom Westen hierher gekommen."

„Okay, okay."

Auf dem rechten Bürgersteig stapfte Lobereit durch den Schnee. Er trug einen dunkelgrünen Ledermantel mit Fellkragen, eine Fellmütze und Filzstiefel. Als er die Straße überqueren wollte, entdeckte er Enders und winkte ihm zu. Enders winkte zurück. Sie hatten sich in der *Arbeitsgemeinschaft Junger Autoren* kennengelernt, in der Lobereit Vorträge über den sozialistischen Realismus gehalten und an Büchern berühmter sowjetischer Autoren nachgewiesen hatte. Seine Frau, eine pummelige Mattka mit Basedowaugen und Doppelkinn, führte unter strenger Geheimhaltung Bodenuntersuchungen in Aue durch, das für seine Uranvorkommen bekannt war.
„Gibt's für die Kybernetikfilme schon ein Exposé?", fragte Krassberg.
„Klar."
„Könnt' ich den für Wolker mal haben? Dann wäre er Pikov gegenüber im Vorteil. Der Typ macht sowieso zu viel. Verdient sich ne goldene Nase und unsere Leute gehen leer aus. Versteh' mich nicht falsch, ich bin kein Rassist, aber irgendwie müssen doch auch wir zusammen halten. Oder nicht?"
„Kein Problem."
„Dass Gönner diesen schmierigen Typen sponsert…"
„Guter Mann. Ideenreich und schnell. Allein was er bei Schicksalslinien gemacht hat…", sagte Enders.

„Zu verspielt, meiner Meinung nach."
„Ist aber für nen Preis vorgeschlagen."
„Echt?!"
„Außerdem ist Pikovs Bruder Attaché."
„Ach!"
„Und Gönner hat seinen letzten Sommerurlaub auf der Datsche von diesem Attaché verbracht."
„Na dann..."
„Mach' dir keine Gedanken, ich krieg' Wolker schon durch, wenn er ein schlüssiges Konzept hat."
Vor der Hochschule für Filmkunst stand ein O-Bus. Krassberg überholte. Am Fenster flogen Bäume und schneeverwehte Büsche des ehemals königlichen Parks vorbei. Das Torwächterhäuschen döste verfallen vor sich hin. An einem der Pfeiler schnüffelte ein Hund, als ob er eine Spur verfolge und auf dem Weg, der zum Schloss hoch führte, das entfernt durch die Bäume schimmerte, war ein Jeep im Schnee stecken geblieben. Die Grenzer rauchten und schienen auf Hilfe zu warten.
Lieber Gott mach, dass dieser Idiot noch nicht angerufen hat, dachte Enders wieder und spürte, wie ein leichtes Zittern seinen Körper erfasste.
Der Park und der See waren ebenfalls Sperrgebiet. In einem Nebengebäude des Schlosses hielten die Grenzer Spürhunde, deren Bellen manchmal bis zur Straße hörbar war.

Viertel Elf!

„Wahrscheinlich mach ich das Projekt über die Künstler von der Prokuleit. Hat mir Gönner angedeutet. Da würden wir dann auch zusammenarbeiten."

„Würde mich freuen", sagte Enders.

Hinter dem Park war die Straße freigeräumt. Rechter Hand ragte das Studiogebäude des Kurzfilms auf, in dem sich die Verwaltung, die Vorführräume und die Kantine befanden. Enders sah zu dem Fenster des Personalbüros von Groeben, in dem ihn die *Firma* als IM zu werben versucht hatte. Enders war es unmöglich, ein Dreigroschenjunge zu sein, Berichte über andere abzuliefern, sie möglicherweise ins Gefängnis zu bringen. Heute oder in den nächsten Tagen rufen sie an, dachte er und spürte, wie sich seine Nackenhaare sträubten.

Auf der Straße fuhren nur wenige Laster. Krassberg steuerte am Interhotel, an der Internationalen Buchhandlung und verschiedenen Geschäften mit leeren Schaufenstern vorbei.

„Der Arzt ist wo?"

„In der Nähe vom Tor."

„Dann lass' ich dich an der Kreuzung raus, okay?"

„Gut."

Gabi, Gabi hämmerte es in seinem Kopf. Das wird sie dir nie verzeihen. Ihr Problem war, dass sie sich nicht von Moritz trennen wollte oder konnte und er sich nicht von Hanna und Tommy. Du musst sie nochmal sehn, dachte er. Wenigstens noch einmal sehn!

Das solltest du lieber nicht tun, warnte seine innere Stimme.

Außerdem musste er Moritz wegen der vorgezogenen Abnahme noch Bescheid geben.

Auf dem Bürgersteig schippte ein alter Mann in verlottertem Schafspelz den Bürgersteig frei. Hinter ihm hielt eine Straßenbahn, doch niemand stieg aus. Ein Kellner öffnete die Tür vom *Haus der Biere* und beobachtete eine Schulklasse, die sich aus dem Gymnasium schob.

Beim Halten rutschte der Wagen auf einen der Laternenpfähle zu. „Verdammt", rief Krassberg, konnte den *Käfer* aber noch rechtzeitig stoppen.

„Das vergess ich dir nie", sagte Enders beim Aussteigen.

„Wann krieg ich den Aufriss?"

„Montag."

ATEMPAUSE

Die Geschäftsstelle der DHZ befand sich nur einige Häuser vom Torcafé entfernt.

Enders durchquerte den quadratischen Innenhof, in dem mehrere verschneite Autos und auch sein *Škoda* standen.

Er hetzte eine enge, knarrende Treppe hinauf und an mehreren mit Schals und Mützen bekleideten Gestalten vorbei, die auf unbequemen Holzstühlen hockten.

„Nur was abzugeben", rief er. „Dauert höchstens zwei Sekunden."

„Das kennen wir schon", sagte ein bulliger Typ mit lockigem, bis auf die Schulter reichenden Haar und versperrte ihm den Weg.

„Von Extrawürsten haben wir die Schnauze voll", krächzte ein ausgemergelter Alter mit nikotingelbem Schnauzer.

„Einige nehmen sich immer was raus", rief eine spindeldürre Frau mit roter Nase.

„Ich will ja nur meine Fahrzeugpapiere abgeben."

„Und das dauert dann ne halbe Stunde oder länger. Man kennt das ja!"

Da hilft nur Einschüchterung, dachte Enders und rief: „Ich muss in zehn Minuten in der Bezirksleitung der Partei sein."

Die Rotnasige lachte hysterisch. „Bei mir wartet mein gelähmter Mann, der in der Kälte sitzt, weil wir keine Kohlen kriegen. Er hat für diesen Staat gekämpft und im II. Weltkrieg als Kommunist im Gefängnis gesessen. Orden bekommen. Richten Sie das denen da oben mal aus. Die haben's sicher warm."
Der Beamte der DHZ riss schwungvoll die Tür auf und begleitete eine Frau mittleren Alters mit onduliertem blonden Haar und roten Bäckchen auf den Flur. Enders hatte sie mehrmals bei Demonstrationen an der Seite eines hohen Bonzen der Bezirksleitung gesehen.
„Wir holen den *Škoda* dann also heute Nachmittag ab", sagte sie und winkte dem Beamten zu.
„Was ist denn hier los?" fragte der Beamte.
„Vordrängelei", rief der Lockenkopf.
„Ah, Herr Enders. Ich wollte Sie gerade anrufen. Kommen Sie herein."
„Unerhört!" schnaufte die Rotnasige. „Ein feiner Staat ist das, wo angeblich alle gleich sind."
„Ich will hier keine unangebrachten Äußerungen gehört haben", sagte der Beamte. „Ist das klar? – Kommen Sie, Herr Enders."
„Verdammte Scheiße", schrie der Lockenkopf.
Enders atmete erleichtert auf.
Im Büro herrschte stickige Hitze. Es roch nach abgestandenem Zigarrenrauch und Bier. Der Beamte

öffnete seinen Hemdkragen. Dann ging er zum Fenster und riss es auf. „Entschuldigen Sie. Aber wenn ich nicht alle halbe Stunde lüfte, ist das hier eine Sauna. Wir leiden schon über eine Woche. In den Neubauvierteln ist es genauso."
„Bei uns das Gegenteil", sagte Enders und knöpfte sich den Parka auf. „Da ist ein Rohr der Etagenheizung geplatzt. Neue Rohre Fehlanzeige. Nicht mal für uns."
„Als ob uns der Teufel einen Streich spielen wollte", rief der Beamte lachend. Dabei setzte er sich an den Schreibtisch und steckte sich ein Zigarillo an. „Schön, dass Sie so früh gekommen sind, Herr Enders. Ihr Wagen ist verkauft. Der Käufer holt ihn heute Nachmittag ab."
Enders spürte wieder Übelkeit, doch er konnte sich abermals beherrschen.
Der eisige Wind wehte ein paar Blätter vom Schreibtisch. „Auch das noch!" Der Beamte sprang auf und sammelte sie ein, wobei er wie ein pickendes Huhn wirkte.
Draußen bimmelte eine Straßenbahn vorbei.
„Darf man erfahren, wer der Käufer ist?" fragte Enders.
„Da schweigt des Sängers Höflichkeit. Dazu sind wir verdonnert. Aber darf ich fragen, warum Sie einen nagelneuen Wagen verkaufen, auf den Sie

doch bestimmt jahrelang gewartet haben? Eigentlich müsste ich das melden."
„Melden?" Enders bemühte sich zu lächeln.
„Sie wissen schon. Zumal Sie ja auch im Grenzgebiet wohnen. Aber da Sie beim Dokfilm arbeiten, dachte ich: wart erst mal ab."
„Das ist nett von Ihnen", sagte Enders. „Das hätte nur unnötige Komplikationen gegeben."
Der Beamte legte die Blätter auf den Schreibtisch und beschwerte sie mit einem gusseisernen Locher.
„Eine Erklärung sollten Sie mir aber trotzdem geben."
Enders setzte einen freudigen Gesichtsausdruck auf. „Weil ich einen *Käfer* bekomme."
„Ach." Der Beamte stutzte, schnaufte dann aber anerkennend durch seine knollige Nase.
„Einen *Käfer*? Wie haben Sie das denn geschafft?"
„Da schweigt des Sängers Höflichkeit."
Der Beamte lachte. „Das ist gut. Sehr gut. Dann ist das ja geklärt. Drüben bauen sie einfach die besseren Autos. Das ist nun mal Fakt." Er beugte sich über den Schreibtisch. „Unter uns: diese Meldungen sind mir unangenehm. Aber was will man machen?" Er vertiefte sich in die Fahrzeugpapiere, während Enders ein Foto des Staatsratsvorsitzenden betrachtete, das links zwischen zwei Glaskästen mit verschiedenen Wimpeln, Pokalen und Urkunden

hing. Durch die Lichtspiegelung konnte er nur einige Wortfetzen lesen: *im Wettbewerb... hervorragende Leistungen... Banner der... beste Brigade...*
Der Beamte legte die Papiere beiseite. „In Ordnung." Er lehnte sich zurück und nahm einen Zug aus seinem Zigarillo. „Wann bekommen Sie denn ihren neuen Wagen, wenn man fragen darf?"
„Übermorgen."
„Sie Glücklicher. Beim Film müsste man sein."
Kurz darauf schmolz Enders mit dem Finger ein Loch in die Eisblumen an der Beifahrerscheibe seines Wagens und starrte auf die roten Kunstledersitze und das schwarze Armaturenbrett. „Good bye, alter Kumpel", sagte er und erinnerte sich an die erste Fahrt mit Hanna und Tommy nach Poswick, als er ihn von diesem Hof abgeholt hatte. Mit dem Zug brauchten sie für die 120 Kilometer fünf Stunden, mit dem Bus dreieinhalb und mit dem Auto knapp zwei.
Es schneite noch immer. Enders dachte an den Hustensaft, konnte aber keine Apotheke entdecken. Er hatte Hunger und beschloss, mit einem Frühstück Abschied vom Torcafé zu nehmen, zumal er durch den vorgetäuschten Arztbesuch Zeit gewonnen hatte. In einem Hauseingang schraubte er sein Parteiabzeichen ab, denn von den Stammgästen wussten nur Moritz und Machado, dass er Genosse war.

Nicht auszudenken, wenn der Typ eine Meldung gemacht hätte! Enders hatte von Lahmer erfahren, wie die Verhöre bei der *Firma* verliefen. Stundenlanges Sitzen. Wechselnde Vernehmer. Immer wieder dieselben Fragen, bis man vom Stuhl fiel. Gerade sitzen! Dunkelhaft. Schlafentzug. Tag und Nacht Beschallung. Er spürte ein schmerzhaftes Würgen im Magen und erbrach in einem Häuserspalt grüne Galle.

Vielleicht geht ja doch alles gut, versuchte ihn seine innere Stimme zu trösten. *Bis jetzt hast du ja immer Glück gehabt.*

Doch die Angst blieb, weil ihm klar war, dass er in der Falle saß und alles auf eine Karte setzen musste. Tod oder Leben!

Auf der anderen Straßenseite entdeckte er Inken, die ihre beiden Kinder auf einem Schlitten hinter sich her zog. Sie trug einen Schaffellmantel und hatte sich einen dicken Wollschal um den Hals gewickelt. Sie war mit Achtzehn aus ihrem protestantischen Elternhaus geflohen und hatte vor zwei Monaten ihr Biologiestudium an den Nagel gehängt, weil sie Machados Eifersucht nicht mehr ertrug.

Inken mochte Enders nicht, da sie glaubte, dass er – was Frauen anbelangte – mit Machado unter einer Decke steckte.

„Hallo, Inken!"
„Hallo", sagte sie, nicht gerade begeistert.
„Ist Machado zu Hause?"
„Nein."
„Kannst du mir sagen, wo ich ihn finde?"
„Nein", sagte sie, warf ihm einen hasserfüllten Blick zu und ging weiter.
„Es ist aber wichtig", rief Enders ihr hinterher.
„Versuch's doch mal bei seinen Nutten!"
Blöde Ziege, dachte er und schlitterte über den vereisten Bürgersteig weiter.
Machado war der Einzige seiner Studenten, der mit seinem Wagen die Grenze zum Westen passieren durfte. Enders hatte ihm bei der Diplomarbeit geholfen, des Öfteren Geld geliehen und ihm seine Manuskripte und Karteikarten anvertraut, um sie ihm nach der Flucht in den Westen zu bringen. Sie hatten abgemacht, sich am Sonntag, 15 Uhr, am Hauptbahnhof der anderen Seite zu treffen. Enders wollte sich nur noch einmal vergewissern, ob es dabei blieb und im Falle unvorhergesehener Ereignisse einen Alternativtermin vorschlagen. Aber den konnte er ihm auch in den Briefkasten werfen. Doch an den kam er nicht heran, da die Haustür zur Straße abgeschlossen war und sich die Briefkästen im Hausflur befanden.

IM TORCAFÉ

Vor den Fenstern des Torcafés hingen dunkelbraune Wolldecken an dicken Messingstangen. Sie schützten vor neugierigen Blicken und hielten die eisige Luft ab, die durch die Ritzen der maroden Fenster drang. In der Eingangstür war eine Glasscheibe durch eine beigefarbene Kunststoffplatte ersetzt. Im Torcafé hatte Fahrland Enders vorgeschlagen, sich am Literaturinstitut zu bewerben und Moritz drei Jahre später den Kontakt zu Gönner hergestellt.
Im Gastraum roch es nach Kaffee, Brot und Zigarettenrauch. An der Kuchentheke brannten kugelförmige Lampen aus Milchglas und an den Wänden hingen Druckkopien von den Schlössern der Stadt.
Enders hatte das Torcafé schon lange nicht mehr besucht und genoss die Atmosphäre. Früher, als Hanna noch in Poswick lebte, war der Tisch am Fenster mit Ausblick auf das graue Tor der Stammtisch von Moritz gewesen. Moritz hatte Hof gehalten und die Schauspielstudentinnen empfangen, während Gabi als Sekretärin in einer Kohlenhandlung arbeitete und Geld verdiente.
Die Kellner riefen ihre Orders durch eine handtuchbreite Luke: Frühstück mit oder ohne Ei; kleines Frühstück, großes Frühstück. Oft gab es in den Lebensmittelgeschäften keine Eier, nur im Torcafé.

Dann waren die Bestellungen mit Ei in der Überzahl.

Enders ließ den Blick über die Tische schweifen und entdeckte neben der ebenfalls von Wolldecken abgeschirmten Eingangstür mehrere Typen mittleren Alters, die *F6* rauchten, Kaffee und Kognak tranken und die Gäste unauffällig-auffällig im Auge behielten. Das hatte es ein viertel Jahr davor nicht gegeben!

An Specks Tisch, der Theke gegenüber, saß ein grell geschminktes Mädchen mit wulstigen roten Lippen und rauchte versonnen. Offenbar Specks Neue, die, wie seine früheren Geliebten auch, auf ihn wartete, bis er seine Arbeit beendet hatte. Speck war der bekannteste Kunstmaler der Stadt. Berühmt und berüchtigt durch die Leseabende verschiedener Autoren in seinem Salon, an denen auch Moritz und Lahmer teilgenommen hatten. Früher, als Enders von Poswick zu den Tagungen der Arbeitsgemeinschaft der Jungen Autoren gefahren war, hatte er des Öfteren bei Speck auf dem farbverkleckten Sofa im Atelier übernachtet.

Enders setzte sich an einen freigewordenen Zweiertisch neben zwei Blondinen, die sich über die absurden Figuren von Hieronymus Bosch unterhielten.

„Vor allem sollten wir auf die Dekadenz hinweisen", sagte die, die mit dem Rücken zu ihm saß.

„Natürlich", sagte die andere. „Aber auch auf die Bedrängnis der Kirche, die Zwickel in seiner letzten Vorlesung erwähnt hat." Sie ähnelte der jungen Gabi, die sich in letzter Zeit zu ihrem Nachteil verändert hatte. Ihre Gesichtszüge waren herber geworden. An den Augenwinkeln hatten sich winzige Fältchen gebildet. Offenbar wusste die *Firma* über ihr Verhältnis Bescheid. Doch von wem? Sie hatten sich immer außerhalb von Poswick getroffen. – Gabi! Verrückte Gabi! So ganz anders als die braven Mädchen in Poswick. Poetisch, kreativ, voller Ideen. Moritz' Muse. Was wäre er ohne sie?

Enders bestellte sich Rührei mit Schnittlauch, zwei Brötchen mit Aufschnitt und ein Kännchen Kaffee.

„Wir sollten unbedingt einige Zitate vom Staatsratsvorsitzenden einbauen", hörte er eine der Studentinnen sagen. „Am besten die Passage über schädliche Tendenzen."

Als die Kellnerin das Frühstück brachte, drehte sich die Studentin, die mit dem Rücken zu ihm saß, um und gleich wieder weg. Er war ihm vor einem Jahr bei dem afrikanischen Studenten Itollo begegnet – *Ische Prinze* – neben dem er einige Wochen im Internat der Hochschule gewohnt hatte. Der angebliche schwarze Prinz hatte sich die Mädchen wie Machado mit Nylonstrümpfen, Büstenhaltern und Pullovern aus dem Westen gefügig gemacht. Er war ein lustiger Typ und mittelmäßiger Regiestudent. Manchmal lag er den ganzen Nachmittag im Bademantel auf dem Bett und las in den Annalen großer Männer. *Ische Kulturminister in meine Heimat.*

Der warme Kaffee, die Eier und die frischen Brötchen erweckten neue Kräfte in Enders.

Moritz durfte auf keinen Fall im Grenzgebiet erscheinen! Er würde sofort riechen, dass sie die Flucht geplant hatten. Vor einem halben Jahr noch wollten sie gemeinsam flüchten, wenn Moritz seinen Abschluss in der Tasche hatte, da sie die gängelnde Kulturpolitik und das Eingesperrtsein ankotzten. Sie wollten endlich schreiben können, was sie wollten. Enders hatte damals großmäulig versprochen, Gabi ins Grenzgebiet zu schmuggeln. Nun aber hatte die *Firma* ihre Absichten durchkreuzt, und er konnte auf Moritz' Abschluss keine Rücksicht nehmen.

Verrat, Verräter, rief seine innere Stimme. *Das wird er dir nie verzeihen und Gabi dich verachten. Ich hab' schon immer gewusst, dass du ein Verräter bist*, wird sie sagen und dir ein Messer an die Kehle halten. Ja, so verrückt ist sie nun mal.

Enders zweifelte plötzlich. Vielleicht wäre es doch das Klügste, zur *Firma* zu gehen und die Fakten auf den Tisch zu legen. Ich habe einen Fehler gemacht,

Genossen. Meinen Irrtum erkannt. Wie kann ich das jetzt wieder gut machen?
Vielleicht bekäme er sogar seinen Wagen zurück.
Keinem liegt daran, Aufsehen zu erregen.
Und wenn sie ihn doch einsperrten, verhörten, folterten?!
Wer wusste außerdem von deiner Flucht? Wir kriegen die Wahrheit sowieso raus. Du kannst dir deine Bedingungen erleichtern.
„Hi."
Enders erschrak und sah auf. Röver! Seine braunen Locken ringelten sich über seine hohe Stirn. Er war schlank und hatte schön geformte Hände mit ungewöhnlich langen Fingern. Er hängte sein graues Mäntelchen an den Garderobenhaken neben der Tür und wickelte sich aus seinem mehrmals um den Hals geschlungenen Schal. Röver galt als begabt. Für seine Filme *Maiblüte* und *Meine Mama im Gefängnis des Klassenfeindes,* im zweiten und dritten Semester gedreht, hatte er Preise bei den Filmfestivals in den befreundeten Nachbarstaaten eingeheimst. Er lebte bei seiner Mutter, die einen Friseursalon betrieb und eine Datsche am Schwielowsee besaß, in die er sich in kreativen Phasen zurückzog.
„Schön, dass ich dich hier treffe", sagte Röver, „dann können wir den Nachmittagstermin sausen lassen."

„Den hätte ich sowieso sausen lassen müssen, weil die Abnahme vom Jubiläumsfilm vorgezogen wurde."

„Die war doch erst für Montag angesetzt!"

„Da hat Thalheimer eine Delegation aus Vietnam zu betreuen."

„Und warum hat uns keiner was gesagt? Moritz und ich wollten am Wochenende noch den Feinschnitt machen. Verdammter Mist."

„Weil es zu kurzfristig war und ihr kein Telefon habt."

„Ja, Telefon. Wer hat denn ein Privattelefon? – Ich hab' was anderes vor."

„Wäre aber besser, wenn du kämst."

„Wieso?"

„Falls es Schwierigkeiten gibt."

„Wieso Schwierigkeiten?"

„Du weißt doch, wie sie sind."

„Hast du irgendwas gehört?"

„Bosskopp findet, dass eure Lyrikerin zu individualistisch ist und aus dem Gesamtkonzept herausbricht. Er hängt sich an den Jugendstilpuppen und dem Kinderdreirad auf. Ihm fehlt der direkte politische Bezug."

„Aber das kommt doch in den Gedichten klar zum Ausdruck."

„Das reicht ihm wohl nicht."

„Das ist typisch für den Arsch", rief Röver und sah sich nach den *F6*-Männern um. „Die sitzen schon drei Tage hier. Von morgens bis abends und machen sich Notizen. Man weiß überhaupt nicht mehr, wo man hingehen soll." Er sah Enders wieder an. „Ich hatte Moritz gewarnt. Der Kinderkram war seine Idee. Find' ihn jetzt aber auch gut, da sie in ihren Gedichten darauf anspielt. Erkundung der Welt auf drei Rädern. Oder: Meine Kinder, die Puppen. Du warst doch auch einverstanden."

„Bin ich ja immer noch. Gönner ebenfalls."

„Dann ist doch alles in Butter." Röver atmete erleichtert auf.

„Die Frage ist: was Geilhardt und Thalheimer dazu sagen. Geilhardt und Bosskopp versuchen schon seit langem, Gönner zu kippen. Thalheimer hält zwar zu Gönner, kann sich aber politischen Argumenten nicht entziehen. Und da Gönners Position im Augenblick schwach ist, wird er wohl jedem Bauernopfer zustimmen."

„Dann schmeißen sie den Beitrag eben raus. – Ist fürs Image sowieso schlecht, wenn ich den Film über die *Collors* drehe."

„Die Musikgruppe? Die sind doch verboten", sagte Enders erstaunt.

„Aber kurz davor, wieder zugelassen zu werden. Devisenbringer."

Röver bestellte sich Kaffee.

„Bist du sicher, dass du den Film über die *Collors* machen willst?"

„Ich hab' nichts zu verlieren. Ich häng' an nichts."

„Und wenn sie dich schassen?"

„Soweit ist es ja noch nicht." Röver steckte sich eine Zigarette an. „Und wenn, stell ich eben nen Ausreiseantrag."

„Da machst du hier aber keinen Stich mehr. Und es kann Jahre dauern, bis sie dich rauslassen. Wenn überhaupt."

„Mich kotzt das sowieso an. Dauernd irgendwelche Vorschriften. Was heute richtig ist, ist morgen falsch und umgekehrt. Man weiß ja gar nicht mehr, wer man ist durch das dauernde Umdenken. Manchmal hätte ich Lust abzuhauen. Versteh mich nicht falsch. Ich möcht' natürlich nicht, aber wenn diese politischen Schikanen so weiter gehen…"

„Wie willst du das denn machen?" fragte Enders.

Röver zuckte mit den Schultern. Er kramte eine Cremedose aus seiner Umhängetasche und cremte sich die Lippen ein.

Enders sah auf die Uhr. Es wurde Zeit zu gehen. Tschüs Torcafé!

„Hat dir Moritz auch erzählt, dass Camille kommt?" fragte Röver.

„Auf einmal?"

„Politisches Tauwetter. Die Franzosen haben sich für die internationale Anerkennung der DDR eingesetzt."

„Da wird sich Gabi aber freuen", sagte Enders mit Häme.

Rövers Augen glänzten. „Die hat seit kurzem ein Verhältnis mit Ajdin."

Ajdin war einer der Schönlinge an der Hochschule für Filmkunst, ein Iraner, der aus gutem Hause kam, gebügelte Hemden und Schlipse trug, leise redete, Umgangsformen besaß und sich auf keine politischen Diskussionen einließ. Enders hatte einen seiner Filme über Ernst Busch, den berühmten Brecht-Darsteller und Sänger, dramaturgisch und als Interviewer betreut. Der Film war formal konventionell, aber informativ, weil er die Theaterarbeit eines der berühmtesten Ensembles der Hauptstadt dokumentierte.

„Hat Moritz eine Ahnung davon?" fragte Enders.

„Es scheint ihm egal zu sein."

Moritz hatte Camille bei Dreharbeiten über einen berühmten sowjetischen Schriftsteller in Odessa kennengelernt. Camille gehörte einer Delegation der KPF an. Als er mit seiner Crew im Park drehte, fand die schicksalhafte Begegnung statt, da sie mit ihren Genossinnen bei den Dreharbeiten zusah. Am Abend, beim Tanz, kam man sich näher, und Moritz

hatte nach seiner Rückkehr von den schönsten Tagen seines Lebens gesprochen. Jetzt also kam sie!
„Siehst du Moritz heute noch?" fragte Enders.
Röver schüttelte den Kopf. Er hatte einen Termin mit einem Klempner, der einen Wasserhahn in der Datsche reparieren sollte. „Das Ding tropft wie wahnsinnig. – Tut mir leid. Aber du weißt ja, wie das ist. Handwerker musst du wie rohe Eier behandeln."
„Mist", sagte Enders.
„Ich muss los. Man sieht sich."
Enders zog sich kurz darauf seinen Parka an und schlang sich den Schal um den Hals. Danach verließ er das Café. Seine Halsschmerzen waren verschwunden.

DAS TREFFEN MIT GABI

Enders lief in Richtung Heiliger See. Das war zwar ein Umweg, doch er führte an Moritz' Wohnung vorbei. Wenn Moritz und Gabi nicht zu Hause waren, konnte er ihnen einen Zettel mit den veränderten Terminen in ihren Briefkasten werfen. Zwei Querstraßen weiter befanden sich eine Straßenbahnhaltestelle und ein Taxistandplatz. Trotz des Frühstücks lag Enders noch immer gut in der Zeit. Außerdem hoffte er, Gabi vor der Flucht noch einmal zu sehen.

Durch die Fenster der gotischen Bibliothek schimmerte Licht. Ein leichter Wind wirbelte winzige Schneeflocken über den See. – Wie verzweifelt musste Gabi sein, wenn sie sich mit einem Typ wie Ajdin einließ?! Oder hatte sie die Nase von Moritz' Eskapaden endlich voll, nachdem sich Camille angesagt hatte?!

Moritz war ein Verfechter freier Liebe. Liebe durfte den Geliebten nicht versklaven. Er bezog sich auf Sartre, der ein Leben lang in freier Liebesbeziehung mit der Beauvoir gelebt hatte. Für Sartre waren Liebe und Sexualität natürliche seelische und körperliche Bedürfnisse, die frei von gesellschaftlichen Normen gelebt werden sollten. Herkömmliche Liebeskonzepte wie die Ehe bezeichnete er als besitzergreifend, ökonomisch begründet und unfrei.

Moritz hatte Gabi auf der Oberschule kennengelernt.

Gabis Vater arbeitete als Orthopäde; die Mutter als Bauingenieurin. Beide sahen sich nur selten. Die Mutter trieb es mit muskelbepackten Bauarbeitern; der Vater mit seinen ständig wechselnden Sprechstundenhilfen.

Gabis Schwester war schon vor dem Mauerbau in die BRD geflüchtet und hatte damit die gesellschaftliche Entwicklung ihrer kleineren Schwester behindert.

Auch Moritz hatte schlechte Karten, da sein Vater durch den Ausschluss aus dem ZK der Partei und seinen anschließenden Selbstmord wie ein fauler Apfel aus dem Baum der Nomenklatura herausgefallen war. Moritz hatte sich erst in einem Stahlwerk und danach in Poswick als Jugendklubhausleiter bewähren müssen, bevor er an der Hochschule für Filmkunst immatrikuliert wurde.

Zur Zeit des II. Weltkriegs war der Vater von Moritz ein enger Vertrauter des Staatsratsvorsitzenden gewesen. Beide hatten während der Illegalität für den Zusammenhalt der Partei gesorgt und ihr Überleben ermöglicht. Später, in der DDR, hatte Moritz' Vater als Arbeitsminister durch drastische

Normerhöhungen einen Arbeiteraufstand provoziert, der den Fortbestand der Republik gefährdet hätte, wäre er nicht von den sowjetischen Panzern niedergewalzt worden.

Auf der gegenüberliegenden Seite des Sees ragte das ehemalige Kronprinzenpalais auf, das schon vor Jahren zu einem Militärmuseum umfunktioniert worden war. Die Rohrmündungen der Kanonen vor dem Museum wirkten wie riesige, schwarze Augen, die das Gelände observieren.

Früher waren Moritz und Enders öfter um den See spaziert und hatten Spielfilmideen diskutiert. All ihre Exposés waren jedoch aus kulturpolitischen Gründen abgelehnt worden, was dazu führte, dass sie ihre Flucht zu planen begannen.

Die Gründerzeitvilla, in der Moritz und Gabi ein Zimmer mit Loggia bewohnten, stand dem Künstlerhaus gegenüber. Sie teilten sich die Toilette und das Bad mit anderen Bewohnern.

Im Sommer herrschte in der Straße Hochbetrieb. An heißen Tagen lagen die jungen Leute am Ufer des Sees, spielten Federball und tranken Bier. Auch Enders hatte mit Moritz und Gabi nach den Sitzungen der *Arbeitsgemeinschaft Junger Autoren* oft auf einer Decke am See gesessen, Bier getrunken und über literarische Neuerscheinungen diskutiert. Am Abend waren sie zum Tanz ins Russen-Kasino gegangen, zu dem sich die junge intellektuelle Garde der Stadt einfand. Diese Abende klangen meistens bei Speck aus, von dessen Seesteg die erhitzten Leiber nackt ins Wasser sprangen und sich anschließend hinter Büschen vergnügten.

Auf dem Weg zu Moritz' Haustür lag braunschwarze Asche. Vom Dach hingen mörderische Eiszapfen und aus dem Schornstein schlierte eine dunkelblaue Rauchwolke, die der Wind zerfaserte.

Enders läutete. Er starrte auf die alte Klingel, die er so oft betätigt hatte. Stille. Er zog einen Zettel aus der Tasche und wollte gerade eine Nachricht schreiben, als Gabi die Tür öffnete. Sie wirkte verschlafen. Ihre Lider waren geschwollen; die Wangen fiebrig gerötet. Sie trug ein dunkelblaues Tuch mit aufgedruckten Mickymäusen um den Hals und mehrere Pullover übereinander; außerdem dunkelblaue, an den Knien ausgebeulte Trainingshosen. – Das war nicht die Gabi, die in seinem Kopf herum spukte!

„Du?" fragte sie erstaunt. „Moritz ist in der Sauna. Komm rein. Ich bin krank. Angina."

„Hab' ich auch'", sagte Enders, „aber die Sieber hat mir West-Tabletten gegeben, die mir geholfen haben."

„Mir hilft nur Penicillin. Aber dafür müsste ich zum Arzt, und dazu hab' ich keine Lust. Drei bis vier Stunden warten, nee."

Enders hätte seine Nachricht hinterlassen und sich wieder auf den Weg machen können, doch die Verlockung, mit Gabi ein letztes Mal allein zu sein, war zu verführerisch.

„Wir sollten gestern Kohlen kriegen", sagte sie. „Im Keller haben wir nur noch drei oder vier Eimer. Speck haben sie heute Vormittag einen ganzen Lastwagen in den Hof gekippt. Mein früherer Chef, der die Kohlenhandlung in der Faberstraße hat, ist auch ausverkauft. – Langsam steht's mir bis hier", rief sie und fuhr sich mit der flachen Hand unters Kinn.

Seit ihrer Fehlgeburt hatte Enders sie nicht mehr gesehen. In ungeschminktem Zustand wirkten ihre Gesichtszüge gröber, traten ihre Wangenknochen spitzer hervor.

Gabi hatte Tee gekocht. „Willst du auch eine Tasse?"

„Ja", sagte Enders.

„Honig?"

„Ein bisschen."

„Bei dir ist alles ein bisschen, wie?" sagte sie spitz.

„Wenn du meinst?" entgegnete er und grinste. Er hatte sich im Laufe der Jahre an ihre Angriffe gewöhnt und sie parieren gelernt. Das Beste war, sie ins Leere laufen zu lassen.

Früher hatte Gabi nur Kaffee getrunken. Nun standen mehrere Teesorten auf dem kleinen Tischchen

neben dem Herd. Offenbar hatte ihr Ajdin die Teekultur beigebracht. Er wird sie wie ein Tempo benutzen und wegwerfen, dachte Enders. Wie die Erding, die Lipsky und die Schnorr. Sie tat ihm leid. Gleichzeitig empfand er Schadenfreude. Jetzt kriegte sie endlich auch mal ihr Fett weg, würde ihr Hochmut bestraft!
Das Zimmer hatte sich in den letzten Jahren kaum verändert. Moritz' Schreibtisch stand noch immer am Fenster, durch das der Blick auf die Kanonen fiel, und in dem weißen Bücherregal an der Wand neben dem Schreibtisch stapelten sich die Memoiren von Filmregisseuren, Lyrik und die theoretischen Schriften zum Film. Griffbereit, auf der rechten Seite, türmten sich die philosophischen und literarischen Schriften von Sartre, in denen Lesezeichen steckten. Neben dem Bücherregal hingen Fotos vom alten Schiffke, einem schmalen Mann mit Nickelbrille und wildem Haarwuchs. Auf einem hielt er den kleinen langhaarigen Moritz im Arm und lächelte ihm zu, auf einem anderen brachte er ihm das Radfahren bei. Das dritte zeigte ihn mit dem Staatsratsvorsitzenden vor einem Wochenendhaus. Das war noch zu der Zeit, als sich beide während des II. Weltkriegs in Moskau um die Geschicke der Partei gekümmert hatten.

Über diesen Fotos hingen Aufnahmen aus Poswick: Auf einem legte Enders dem lachenden Moritz den Arm um die Schulter. Auf einem anderen standen sie mit Fahrland an einem Fluss mit wild bewachsenem Ufer. Fahrland hielt eine Forelle in den Händen, Moritz seine Angel und Enders den Kescher. Das dritte zeigte Moritz und Enders auf der Bühne des Jugendklubhauses. Enders lächelnd mit einem Manuskript in der Hand; Moritz gestikulierend vor einem Standmikrofon.

Neben den Fotos hing ein Plakat des sowjetischen Dichters Jewtuschenko. Darunter stand Moritz' Bett mit dem hellbraunen Stoffaffen, seinem Glücksbringer, den ihm Gabi auf einem Rummel in Poswick geschossen hatte.

„Aus meinem Termin mit Moritz wird heute nichts", sagte Enders. „Um 15 Uhr findet die Abnahme des Jubiläumsfilms statt. Es wäre gut, wenn Moritz käme."

„Gibt's Probleme? Hat er die Spießer wieder mal geschockt? – Wie mickrig das alles ist." Gabi fuhr sich mit der Hand über die Stirn, als ob sie ihre trüben Gedanken aus dem Kopf wischen wollte. Danach presste sie die Hände um die Tasse und schwieg eine Weile. Schließlich sah sie Enders herausfordernd an. „Moritz hat gehört, dass die Arbeitsgruppe in die Hauptstadt verlegt werden soll."

„Ach! Davon weiß ich ja gar nichts."
„Dann weißt du es jetzt. – Wahrscheinlich ziehen sie schon nächste Woche um. Das versuchen sie natürlich geheim zu halten, damit keiner in Panik verfällt und auf blöde Gedanken kommt. Wenn wir es machen wollen, müssen wir es dieses Wochenende machen."
„Und Moritz' Abschluss?" fragte Enders.
„Wenn die Arbeitsgruppe umzieht, ist die Chance vorbei. Den Abschluss kann er auch drüben noch machen. Da gibt es ja auch Filmhochschulen."
„Sieht das Moritz genauso?"
„Würd' ich es sonst sagen?"
„Dieses Wochenende geht nicht", sagte Enders und bemühte sich, so ruhig wie möglich zu wirken.
„Warum nicht?"
„Weil ich am Nachmittag die Abnahme vom Jubiläumsfilm habe. Die Banken zu sind. Ohne Vorbereitung abzuhauen, wie stellst du dir das vor? Das ist doch Wahnsinn."
„Scheiß auf Geld. Scheiß auf alles. Wenn die Chance vertan ist, sitzen wir hier ewig fest. – Könnte es sein, dass du vielleicht ohne uns abhauen willst?"
„Was ist denn das für ein Quatsch?!"
„Wäre echt schofelig von dir. Du erinnerst dich doch, was du uns versprochen hast?"

Enders trank Tee, um seine Verlegenheit zu verbergen. „Ohne gründliche Vorbereitung läuft da überhaupt nichts. Wir müssen den Zeittakt der Patrouillen beobachten; die Wachablösung am Schlagbaum. Am besten wäre, wenn mein ehemaliger Schüler Hanslick an der Schranke steht. Der kontrolliert mich nur selten. Außerdem haben sie vor drei Tagen die Villa neben der Mauer geräumt. Kein Mensch weiß, ob da ein Scharfschütze hockt. Willst du erschossen werden? Oder in den Knast? Erinnerst du dich, was Lahmer über den Knast erzählt hat?"
An der Haustür klingelte es.
„Das könnte Moritz sein", rief Gabi. „Er hat seinen Schlüssel vergessen. Da kannst du ihm gleich alles selber sagen."
Eine Konfrontation mit Moritz war Enders erst recht unangenehm. Sein Blick fiel auf die Schwarz-Weiß-Fotos, die Moritz vor Jahren von Gabi geschossen hatte. Porträts mit und ohne Cowboyhut und weitere Schnappschüsse aus der Zeit in Poswick.
Im Flur war eine weibliche Stimme zu hören. Gott sei Dank! Enders zog den Reißverschluss des Parkas zu, als Gabi mit einer etwa fünfundzwanzigjährigen dunkelhaarigen Frau ins Zimmer trat. Sie hatte einen leichten Überbiss, trug einen wattierten

dunkelblauen Mantel und hatte Gabi Honig mitgebracht.

„Das ist Ilse", stellte Gabi vor. „Sie ist erst vor zwei Monaten mit ihrem Mann, einem Produktionsleiter vom Spielfilm, hierher gezogen." Danach stellte sie Enders vor.

Ilse nickte ihm nur flüchtig zu und fragte, ob Gabi schon Kohlen bekommen habe. „Bei uns liegt nur noch Kohlenstaub im Keller. Die Kinder haben wir zu meinen Eltern nach Stollenhagen verfrachtet. Dort gibt's wenigstens Holz", rief sie, setzte sich in den Biedermeiersessel und ließ sich Tee einschenken. Ihr Mann konnte sich in letzter Zeit um nichts kümmern, da er dauernd in irgendwelchen Konferenzen saß. Seine beiden letzten Filme hatte das ZK verboten. Nun sollte auch sein neuer, *Die Schwäne von Dalgow*, verboten werden.

„Der Mist ist, dass er seit zwei Jahren keine Prämien mehr bekommt. Vorgestern war die Linkowsky bei uns. Die ist auch völlig erledigt."

„Die Linkowsky?" fragte Enders. „Die hatte doch in letzter Zeit so großen Erfolg mit dem Neidhartfilm und dem *Genossen Lachs*."

„Die hatte auch mit dem Lachs und den Sexszenen Schwierigkeiten. Obwohl sie doch nur Schauspielerin ist und machen muss, was im Drehbuch steht. Die Dramaturgen und Regisseure wissen überhaupt nicht mehr, welchen Stoff sie anfassen sollen. Nur noch romantische Verklärung oder Märchenfilme kommen durch. Und die sind auch problematisch, weil Könige nun mal Adlige sind."

„Ich muss los", sagte Enders, der kurz auf die Uhr gesehen hatte.

„Ja, geh nur", sagte Gabi. Es klang wie ein Vorwurf. „Und denk an das, was ich dir gesagt habe."

DER ANRUF

Wieder in der Arbeitsgruppe, las Enders erst leise, dann laut die Einschätzung zum Jubiläumsfilm durch, wobei er immer wieder aus dem Fenster sah, das er mit dem Elektroofen abgetaut hatte, um das Kommen und Gehen der Patrouillen zu verfolgen. Bei wichtigen Passagen hob er die Stimme; holprige Sätze formulierte er flüssiger, da der Rhythmus des Vortrags auf ideologische Sicherheit schließen ließ. Wichtig war, die Entscheidung für die im Film vorgestellten Außenseiter gegenüber den parteipolitischen Richtlinien zu legitimieren. Wenn die Partei, wie in einem Lied besungen, immer Recht hatte, war es schwierig, beweisen zu wollen, dass auch der Einzelne Recht haben konnte. Also hatte er sich an Beispielen von Einzelkämpfern wie Pawel Kortschagin, Adolf Hennecke und einigen anderen proletarischen Helden orientiert, deren Engagement die wirtschaftliche Entwicklung entscheidend vorangetrieben hatte. Sein Tenor: Unser Staat braucht das Engagement Einzelner, die das Besondere wagen, um unser fortschrittliches Gesellschaftssystem noch rascher verwirklichen zu können.
Seltsamerweise glaubte er an diese Theorie. Klar war ihm aber auch, dass sie sich schwer durchset-

zen ließe, da ein Glanzlicht auf Neuerer den Glanz der Parteiführung verwischen konnte.

Enders schluckte. Keine Halsschmerzen mehr!

Nach dem zweiten Durchgang legte er die Einschätzung beiseite, da er immer wieder an das Gespräch mit Gabi denken musste. Wahrscheinlich will sie verhindern, dass sich Moritz mit Camille trifft, dachte er. Sie wird mir Moritz auf den Hals hetzen.

Im Haus herrschte Stille. Die leer geräumte Villa stand verlassen. Die letzten beiden Patrouillen waren in raschem Tempo an ihr vorbei und an der Quermauer zum Griebnitzsee hinunter gerast. Vielleicht besteht ja doch noch Hoffnung, dachte Enders erleichtert.

Und was machst du, wenn Moritz auftaucht und dein Versprechen einfordert? Wenn er dich nach deinem Auto fragt? Wenn er eure Rucksäcke sieht? An deine Freundschaft appelliert? Willst du ihn auch außer Gefecht setzen wie Schaber? Gar umbringen?

Das Schuldgefühl und seine Hilflosigkeit machten Enders zunehmend zu schaffen. – Wahrscheinlich war Moritz' Liebe zu Camille gar nicht so groß, wie er vorgab; es erregte ihn, dass sie in Paris wohnte, wo er selbst gern gelebt hätte. Offenbar wollte er sich beweisen, ein Leben wie Sartre führen zu können, wenn er es nur wollte. Wenn er Camille nicht so liebte, wie er vorgab, würde er sich auch für die Flucht entscheiden. Und falls er sie wirklich noch lieben sollte, konnte er sie nach der Flucht besuchen.

Enders fühlte sich allein und verzweifelt; hatte plötzlich Angst vor dem unbekannten, feindlichen Westen, wo jeder auf sich selbst gestellt und der Mensch des Menschen Wolf ist, wie sie in der Schule gelernt hatten.

Nur würde die *Firma* seinen Konflikt nicht verstehen. Für sie wäre er ein schwankendes Element, unzuverlässig und der übertragenen Verantwortung nicht gewachsen. – Dir wird gar nichts anderes übrig bleiben, als mit Hanna und Tommy am Roulettetisch zwischen Tod und Leben Platz zu nehmen, dachte er.

Ein starker Druck in der Blase trieb ihn zur Toilette.

Auf dem Flur herrschte eisige Kälte, auch im Bad. Ein Wunder, dass die Toilette noch nicht eingefroren war! Er zitterte, trotz der beiden Pullover. Die Eisblumen glitzerten, als ob sie ihn mit ihrer Schönheit für die Kälte entschädigen wollten. Sein warmer Urin dampfte.

Schritte auf dem Flur! Die Klinke klackt herunter. Verlegene Stille. Hüsteln. Sein Körper versteift sich. Dann gibt er sich einen Ruck und öffnet.
Schaber!
Schaber grinste und schob sich an ihm vorbei. „Bei dieser Kälte traut man sich gar nicht, sein Ding raus zu nehmen."
Enders lachte gekünstelt.
Vielleicht kannst du ihn ja auch mit einem Schlafmittel außer Gefecht setzen, dachte er. – Willkommenstrunk! Rotwein mit Schlaftabletten. Das Problem war nur, dass er keine Schlaftabletten hatte. Rosi hätte ihm aushelfen können. Sie nahm dieses Zeug öfter. Doch sie befand sich auf Recherche für den Scheberkahnfilm und kam wahrscheinlich gar nicht mehr in der Arbeitsgruppe vorbei. Eine andere Möglichkeit war die Schubert!
Wieder im Zimmer, warf er sich in den Sessel am Fenster und wartete auf die nächste Patrouille. Jetzt kamen sie regelmäßig und abwechselnd. Einmal am Maschendrahtzaun der Regisseursvilla vorbei und an der Mauer entlang bis zur hinteren Mauer und dann Richtung See. Ein andermal umgekehrt vom See.
Das West-Haus träumte verloren vor sich hin.
Die Schneefläche auf dem Todesstreifen an der Regisseursvilla wirkte wie ein Leichentuch und er-

zeugte eine Gänsehaut auf Enders Rücken, obwohl er ihn jeden Tag sah.

Der Rabe saß mit schräggestelltem Kopf auf dem Drahtaufsatz der Mauer vor dem Westhaus und schien zu lauschen.

Im Wintergarten der Schubert brannte Licht.

Durch die Wand war das Rauschen der Toilettenspülung zu hören.

Gleichzeitig verließen zwei Grenzer, die Enders vorher nicht bemerkt hatte, in Schneeanzügen die leergeräumte Villa und liefen zum Patrouillenweg am See. Sie mussten hinter der Regisseursvilla über einen für ihn unsichtbaren Seitenweg gekommen sein. Beide unterhielten sich und rauchten. Die Gesichter waren durch ihre Kapuzen kaum sichtbar.

„Georg, Telefon. Es ist wichtig", rief Bosskopp vom Foyer.

Enders lief die Treppe hinunter und fragte sich, wer der Anrufer sein könnte. Moritz? Die Scheberkahn? Wer konnte etwas Wichtiges am Freitagnachmittag von ihm wollen? Die Kaderleitung? Die Parteileitung? Die Hochschule? Bei wichtigen Gesprächen war es angeraten, vorher Bescheid zu wissen, wer der Anrufer ist. Überrumpelung führte zu Hilflosigkeit und Fehlverhalten.

„Wer?" fragte er Bosskopp, der in die Küche ging, um sich Kaffee zu kochen.

„Genosse Seiler."
„Seiler?"
„Dringende persönliche Angelegenheit."
„Personalbüro?"
„Keine Ahnung."
Die ideologischen Löcher schossen Enders erneut in die Augen, als er den neben dem Telefon liegenden Hörer aufnahm und gespannt *ja, Enders* in die Muschel hauchte.
„Und? Hast du es dir überlegt?" fragte Babyface, dessen Stimme trotz des bemüht freundlichen Tons bedrohlich klang.
Enders erschrak bis ins Mark. Mit diesem Anruf hatte er nicht mehr gerechnet. Ein eiserner Ring presste ihm die Kehle zu. Er starrte auf die Filmplakate an der Wand gegenüber.
Babyface atmete gespannt. „Nun?"
„Einverstanden. Ich bin einverstanden", würgte Enders mit einer ihm fremden Stimme hervor.
„Wie?"
„Einverstanden."
„Schön. Das haben wir auch gar nicht anders erwartet, Genosse Enders. Ich schlage vor, dass wir die Details in der Friedrich-Engels-Straße 24, zweiter Stock, bei Henisch, besprechen. – Sagen wir Dienstag, 15 Uhr?"
„Ja. Dienstag 15 Uhr, Friedrich-Engels-Straße 24,

bei Henisch, zweiter Stock." Die Wiederholung kam ihm zu schnell gesprochen vor. Er fragte sich, wo er am Dienstag sein würde. Im Grab, im Gefängnis oder auf dem Kudamm?
„Sei bitte pünktlich. Wir freuen uns auf dich."
Die Leitung knackte. Danach herrschte Stille. Enders legte ebenfalls auf und lehnte sich erschöpft an den Schreibtisch.
„Alles in Ordnung?" fragte Bosskopp, der gelauscht zu haben schien.
„Alles in Ordnung."
„Wie geht's deinem Hals?"
„Besser", sagte Enders, in Gedanken versunken.
Bosskopp fläzte sich in seinen schwarzen Schreibtischsessel aus Kunstleder. „Setz' dich doch noch einen Augenblick."
Enders wollte sich auf kein Gespräch mehr einlassen, doch Bosskopp sagte: „Ein paar Minuten wirst du schon noch Zeit haben. Ich muss Montagvormittag ins ZK. Hat sich vorhin erst ergeben, weil Thalheimer diese ausländische Delegation begleiten muss. Dienstag bin ich mit Sieber zu Recherchen im Kaliwerk und Mittwoch in der Bezirksleitung der Partei, um Vorauffführungstermine zu koordinieren. Ich möchte nicht, dass sich unser Gespräch zu lange verschiebt, zumal mich die Parteileitung dringlich gebeten hat, mit dir zu sprechen."

Enders setzte sich und sah Bosskopp erwartungsvoll an.

„Du weißt, dass ich es gut mit dir meine, Georg. Es fällt mir nicht leicht, dir zu sagen, was ich dir jetzt sagen werde, das kannst du mir glauben. – Rundheraus: Wir machen uns Sorgen."

„Sorgen?" fragte Enders mit kippender Stimme.

Bosskopp hielt ihm seine Zigarettenpackung hin. „Magst du eine?"

„Nein, danke. Jetzt nicht."

Bosskopp zündete sich eine Zigarette an. Offenbar wollte er die Spannung noch ein wenig auskosten, um sich an Enders' Verblüffung zu weiden. „Ja. Sorgen. Du bist ein Mitglied unserer Partei. Du hast auf Kosten unseres Staates studiert. Du hast für dein Alter eine exponierte Stellung. Sagen wir: parteipolitisch verantwortungsvolle Stellung. Und dadurch auch eine Vorbildfunktion. Deshalb…" er inhalierte und neigte den Kopf in den Nacken, als er den Rauch wieder ausblies „…wäre es angeraten, wenn du dich mit dem Trinken etwas zurückhältst. Verstehe uns bitte nicht falsch. Wir haben nichts gegen feiern. Das Feiern gehört dazu, wenn man gut und verantwortungsvoll gearbeitet hat. Doch du trinkst des Öfteren zu viel und fällst dadurch auf. Unangenehm auf, das muss ich leider hinzufügen. Uns liegen einige Beschwerden vor."

„Beschwerden?" fragte Enders perplex. „Von wem?"
„Das tut hier nichts zur Sache. Ausschlaggebend ist der Fakt. Es wäre schön, wenn du das einschränken könntest. Oder nicht so viel trinkst, dass du aus der Rolle fällst."
„Wann bin ich denn aus der Rolle gefallen?"
„Ich will hier nicht auf Einzelheiten eingehen, Georg. Es genügt, dass diese Berichte vorliegen. Also: reiß dich ein bisschen zusammen. Ich habe schützend meine Hände über dich gehalten."
„Vielen Dank", sagte Enders und spielte den Zerknirschten. „Ich werd' mir Mühe geben. Aber du weißt ja, wie das ist… wenn man zusammensitzt…"
„Natürlich", sagte Bosskopp. „Dennoch solltest du nur so viel trinken, dass du den Überblick behältst. Ich hoffe, wir haben uns verstanden?"
Enders nickte und wollte nach Schaber fragen, doch da betrat Gönner das Büro.
„Oh, da sind Sie ja", rief er und legte Enders die Hand auf die Schulter. „Was sagt der Arzt?"
„Hat Penicillin verschrieben."
„Dann sind Sie also einsatzbereit?"
„Natürlich."
„Schön. In einer dreiviertel Stunde würde ich gern das strategische Konzept mit Ihnen besprechen. Über den Scheberkahnfilm reden wir dann Anfang nächster Woche. Einverstanden?"

„Da würde ich auch gern ein Wörtchen mitreden", sagte Bosskopp. „Ich habe mir gemeinsam mit dem Genossen Sieber das Material angesehen. Dazu gibt es Einiges zu sagen."
„Meinetwegen", sagte Gönner, der anderes im Sinn zu haben schien. „Ich möchte dich jetzt in einer persönlichen Angelegenheit sprechen."
Enders ging. Noch im Foyer hörte er Gönners erregte Stimme. „Das wird ein Nachspiel haben, das verspreche ich dir." Daraufhin war nur noch ein Gemurmel von Bosskopp zu hören. „Das glaube ich dir nicht!" rief Gönner. „Meine Informationen lauten anders."
Am Treppenabsatz traf Enders auf die Gruhlke, die mit einer Tasse Kaffee aus der Küche kam. „Besser?" fragte sie und wies auf ihren Hals. Offenbar hatte ihr die Sieber von seiner Angina erzählt.
„Danke der Nachfrage." Enders hasste die neugierige Vettel. Er wies zum ersten Stock. „Wissen Sie, was der Neue da oben macht?"
„Ein Neuer? Was für ein Neuer?"
„Schaber. Heute Morgen eingezogen."
„Ach!" Die Gruhlke tat erstaunt.
In diesem Moment war wieder Gönners Stimme zu hören. „Das hätte ich nicht von dir gedacht."
Die Gruhlke schüttelte den Kopf. „Das nimmt kein gutes Ende", sagte sie und verschwand im Schneideraum.

TAKTISCHE ÜBERLEGUNGEN

Eine dreiviertel Stunde später saß Enders Gönner vor seinem Schreibtisch gegenüber. Die Schreibtischlampe verbreitete ein warmes gelbes Licht. Gönner hatte die Lippen vorgewölbt und zupfte sich beim Lesen der Einschätzung hin und wieder am linken Ohrläppchen. Auf dem Fensterbrett hinter ihm stand die Plastik eines schwarzen Frauenkopfes, den er von seinem letzten Dreh aus Afrika mitgebracht hatte. Der Film zeigte eine Gesellschaft im Umbruch, ein Agrarland, das sich mit Hilfe der DDR von den ausbeutenden weißen Farmern befreit hatte. Enders erinnerte sich an die unter Palmen geduckten Lehmhütten, die nackten schreienden Kinder, die bewaffneten Milizen, die die Farmer über die Grenze jagten und die Freudenfeste der Armen und ehemals Entrechteten, die nun die Macht in ihrem Staat übernahmen. Der Film war im Kino und mehrmals im Fernsehen gelaufen und hatte Gönner den Nationalpreis zweiter Klasse eingebracht, den außer ihm schon Sieber und Baginsky verliehen bekommen hatten.
Enders starrte auf die dunklen Wolken, die mit träger Selbstgefälligkeit vom Westen über den Griebnitzsee zogen und neuen Schnee zu bringen schienen, der ihre Flucht erschwerte.

Das Knacken der Rohre im Keller hatte in der letzten Stunde zugenommen. Doch in Gönners Büro war es warm. Allerdings gaben die Elektroöfen hin und wieder schussartige Geräusche von sich, die Enders erschreckten. Er fühlte sich elend. Wäre es nicht besser gewesen, Gönner ins Vertrauen zu ziehen und ihm von den Werbeabsichten der *Firma* zu berichten? Ihn um Schutz zu bitten? Aber war ein Mann wie er nicht auch verpflichtet, mit der *Firma* zusammen zu arbeiten? Wenn sie Enders warben, hatten sie doch mit Sicherheit auch Gönner verpflichtet, der sich auf Grund seiner Position kaum verweigern konnte? Hatte er ihn vielleicht sogar empfohlen? Gemeinsam mit Lobereit?

Enders Blick schweifte über die Manuskripte, die sich links und rechts am Schreibtisch türmten und über die dunklen Holzregale mit den nummerierten Aktenordnern und wirtschaftswissenschaftlichen Nachschlagewerken, die er sich des Öfteren ausgeliehen hatte. Sein Blick hakte sich an der Schranktür fest, hinter der sich der Schlüssel für den Sicherungskasten befand. Der Schrank war verschlossen. Der Schlüssel fehlte. Vor ein paar Tagen hatte er noch gesteckt. War er von Gönner nach einem Gespräch mit der *Firma* abgezogen worden? Wusste er bereits von Enders' Fluchtabsicht? Wenn ja, war er ein erstaunlich guter Schauspieler.

Auf Gönners Stirn hatten sich Falten gebildet. Aus der Nähe wirkten seine Tränensäcke schlaff. „Schön, dass sie nicht die üblichen Phrasen bemüht haben", sagte er und warf Enders einen freundlichen Blick zu. „Die gesellschaftspolitische Tendenz wird ohnehin klar. Obwohl das richtige Zitat an der richtigen Stelle nie seine Wirkung verfehlt. Vielleicht finden Sie ja noch einen Satz des Staatsratsvorsitzenden, in dem die Eigenverantwortung des Individuums für den Aufbau unseres Staates herausgestellt wird. Oder fragen Bosskopp. Dafür ist er ja da." Er räusperte sich und kratzte sich am Hinterkopf. „Bei Röver und Schiffke hätte ich früher eingreifen müssen. Die Betonköpfe werden sich mit Sicherheit an ihrem Film hochziehen. Vor allem Geilhardt. Ich werde das durch den Kommentar noch abzufangen versuchen. Es wäre schön, wenn Sie das nach dem Verlesen ihrer Einschätzung erwähnen könnten. Auch, dass einige Gedichte mit eindeutigem Klassenstandpunkt nachgereicht werden. Wenn das Mädel sie nicht haben sollte, muss es eben welche schreiben." Er dachte einen Augenblick nach. „Möglicherweise ist die Episode auch falsch platziert und der Kontrast zum Genossenschaftsvorsitzenden zu stark. Das stelle ich um. Außerdem nehme ich den Staatsratsvorsitzenden nach vorn, obwohl das nicht der Chronologie entspricht. Aber es ist eine Empfehlung von Thalheimer. Der Staatsratsvorsitzende ist entweder am Anfang oder am Ende eines Films. Darauf sollten Sie ebenfalls hinweisen. Mit einer Formulierung wie aus dramaturgischen und politischen Erwägungen haben der Genosse Gönner und ich beschlossen, den Staatsratsvorsitzenden, usw.. Dann nehmen wir den Genossen der *Firma* den Wind aus den Segeln."

Gönner erhob sich. „Apropos: Wo ist denn Ihr Wagen?"

Enders spulte ab, was er auch den anderen gesagt hatte.

„Die Bremsschläuche? Aber das Auto ist doch noch neu?"

Enders zuckte mit den Schultern. „Was soll man machen?"

„Na, ist ja nochmal gut gegangen." Offenbar wollte sich Gönner bei diesem Problem nicht lange aufhalten. „Wie geht es Ihrer Frau?"

„Besser."

„Das freut mich. Vielleicht können wir Ihnen demnächst ein Häuschen in Wischberg anbieten. Ich habe da was läuten hören und mich stark für Sie gemacht."

„Vielen Dank, das wäre schön", sagte Enders und musste sich überwinden, Freude zu spielen. „Hier ist man ja doch abgeschnitten. – Stimmt es, dass unsere Arbeitsgruppe in die Hauptstadt verlegt werden soll?"

„Vorläufig ist da noch gar nichts entschieden. – Wie ist es denn oben?" Gönner wies mit der Hand an die Decke.

„Kalt. Nachts kriegen wir kaum Schlaf. Es wäre schön, wenn wir noch einen zweiten Heizkörper hätten. Vor allem für den Jungen."

„Das Ausland liefert kein einziges Rohr. Will uns ausbluten. Ganze Wirtschaftszweige liegen brach. Von unseren Freunden ist auch nichts zu erwarten. Die versinken selber im Schnee. Hoffentlich platzen nicht noch die anderen Rohre." Gönner vollführte eine hilflose Geste. „Manchmal ist es zum Verzweifeln. Aber wir lassen uns nicht unterkriegen, was?" Er lachte wieder. „Was ich noch sagen wollte, Georg. Ich habe erfahren, dass Ihnen die Filmhochschule eine Promotion in Aussicht gestellt hat. Es wäre schade, wenn Sie uns verließen. Sie wissen, dass ich Sie schätze. Bei mir stehen Ihnen alle Türen offen." Er legte Enders die Hand auf die Schulter. „Und nun entschuldigen Sie mich, ich bin gleich wieder zurück."

Enders starrte auf die Schranktür mit dem Schlüssel für den Sicherungskasten. Sollte er die Schreibtischschublade durchsuchen? In seinem Kopf staute

sich das Blut. Er erhob sich wie in Trance. Vom Foyer drangen diffuse Geräusche ins Zimmer. Er spürte, wie sich seine Muskeln versteiften; das Haar sich sträubte. Der Frauenkopf belauerte ihn. Eine Welle der Angst überspülte wieder seinen Körper.
Es klopfte. Die Tür ging auf. Die Prokuleit. „Sie?" rief sie erstaunt.
Ihr Haar war vom Tragen der Pilotenmütze an den Kopf gepresst. Sie warf Enders einen abschätzenden Blick zu. Wahrscheinlich fragte sie sich, warum er mitten im Raum stand. „Theo nicht da?"
„Toilette."
„Der Arme. Sein Prostataproblem ist in letzter Zeit schlimmer geworden." Sie lehnte sich an den Türrahmen und stellte wie eine Tänzerin ein Bein vor das andere. „Hat er Ihnen schon gesagt, dass er Sie von meinem Künstler-Film entbindet? Die Recherchen machen jetzt Pippig und Schwab, da er Sie für ein anderes Projekt als Regisseur einsetzen möchte. Ich glaube Schiffbau. Das wird sicher interessant für Sie."
„Bestimmt", sagte Enders und gab sich Mühe, froh zu wirken. Der Entzug des Künstlerfilms bedeutete nichts Gutes! Offenbar wollte man ihn noch immer nicht in den Westen reisen lassen, weil man ihn für noch nicht reif genug hielt. Das war ihm auch

schon bei dem Mahler-Film der Prokuleit passiert, bei dem man ihm die Reise nach Österreich verwehrt hatte.

Die Prokuleit war eine kleine smarte Person. Ihr schmallippiger Mund zeugte von eisernem Willen. Sie trug meist Stiefel und eng anliegende Hosen, die ihren schön geformten Po betonten. Beim Reden versprühten ihre Augen Begeisterung und Entscheidungsfreudigkeit.

Das Telefon schrillte.

„Wollen Sie nicht ran gehen?"

„Ich?"

„Als sein Dramaturg…"

Enders zögerte, nahm dann aber ab. „Dramaturgie. Arbeitsgruppe Roter Oktober."

„Sekretariat Thalheimer." Die rauchige Frauenstimme hatte einen Akzent wie der Staatsratsvorsitzende. „Der Herr Minister hätte gern den Genossen Gönner gesprochen."

„Tut mir leid, der Genosse Gönner ist im Augenblick nicht in seinem Zimmer. Ich hole ihn, Moment."

In diesem Augenblick betrat Gönner den Raum.

„Thalheimer", flüsterte Enders.

Gönner griff nach dem Hörer. „Schön, dass mich der Genosse Minister zurückruft", sagte er und bedeutete der Prokuleit und Enders mit einer Handbewegung, das Büro zu verlassen.

„Das ist wegen der Rohre", sagte die Prokuleit im Foyer zu Enders. „Er telefoniert schon all die Tage wie ein Verrückter. Nicht mal der Ministerrat kann helfen. Wenn das so weiter geht, weiß ich auch nicht..." Sie machte eine hilflose Geste.

„Der Scheberkahn haben sie keine Drähte für die Glühlampen geliefert", sagte Enders. „Wissen Sie übrigens, wer der Neue ist?"

„Welcher Neue?" fragte die Prokuleit irritiert.

„Neben Schwabs Büro. Ich hab' ihn heute zum ersten Mal hier gesehen. Schaber."

Der Blick der Prokuleit wanderte zur Empore hinauf, als ob sich Schaber dort befände. „Wie war der Name?"

„Schaber."

Sie zuckte mit den Schultern. „Nie gehört."

Seltsam, dass auch sie von Schaber nichts wusste.

Das Klappen einer Tür schreckte sie auf. Fimov hielt sein super Tonbandgerät aus dem Westen in die Luft. „Es ist der Tonkopf", rief er. „Das wird ein Schweinegeld kosten. Das zahl ich nicht aus eigener Tasche."

„Das verlangt ja auch niemand", fiel ihm die Prokuleit ins Wort. „Theo wird das schon irgendwie deichseln."

„Dafür brauchen wir Devisen."

„Du weist genau, dass das unmöglich ist."

„Das Außenministerium muss doch Devisen haben."
„Ja, ja, ja, wir werden sehen."
„Für die Aufnahme im Theater ist es das beste Gerät. Bei unseren garantiere ich für nichts."
„Das brauchst du mir nicht hundertmal zu sagen." Die Prokuleit schien wütend zu sein. „Ich will keine Schwierigkeiten", bestimmte sie mit einer Entschiedenheit, die verletzend wirkte.
Fimov duckte sich wie ein geprügelter Hund. „Nu ja, gut."
Enders Blick fiel auf den Sicherungskasten, der wie ein Panzerschrank wirkte.
Auf der Empore wartete Hanna auf ihn, die gerade aus der Schule gekommen war. Die Schatten unter ihren Augen waren dunkler geworden. Die Wangen eingefallen. Die Nachtwachen der letzten vierzehn Tage hatten sie stark mitgenommen. Sie war nur noch ein Nervenbündel. Enders zog sie in sein Zimmer. Sie fiel ihm um den Hals.
Enders gab ihr einen Kuss auf den Kopf. „Ich gehe als erster", sagte er. „Wenn geschossen wird, lauft ihr sofort ins Zimmer zurück und tut, als ob ihr schlaft. Dann kann euch gar nichts passieren."
„Glaubst du, dass wir das können? Wenn sie dich erschossen haben sollten? Das ist doch unmöglich."
„Ihr müsst es können, Hanna. Du behauptest, dass ich alleine gehen wollte. Dass unsere Ehe zerrüttet

gewesen ist. Dass ich ein Verhältnis mit Gabi hatte."
„Hör auf."
„Hanna!"
Sie schüttelte den Kopf.
„Sei doch vernünftig", sagte Enders. Und nach einer Pause. „Sie haben heute angerufen."
„Waas?"
„Sie haben heute angerufen. Ich habe ihnen zugesagt. Sie wollen mich am Dienstag in einer Wohnung treffen. Friedrich-Engels-Straße 24, zweiter Stock, bei Henisch. – Wir müssen vernünftig sein, Hanna. Keine Sentimentalitäten. Es geht um Tommys Leben. Und um deins."
Im Foyer fiel eine Tür ins Schloss.
„Und deins? Was ist mit deinem Leben?"
„Es könnte ja auch sein, dass wir Glück haben. – Ich muss mich für die Abnahme fertig machen"
„Dass du das kannst. Dass du…"
„Was bleibt mir übrig? – Geh jetzt und ruh dich aus. Heute Nacht müssen wir fit sein."
„Ausruhen! – Und du?"
„Ich komm' schon klar", sagte Enders und hatte das Gefühl, dass ihm der Boden unter den Füßen wegrutscht.
„Ich will nicht, dass du stirbst", schluchzte Hanna.
„Noch lebe ich ja."

Sie presste wieder ihren Kopf an seine Brust. „Ach, Georg."

Die Geräusche im Foyer wurden lauter.

„Leg dich hin, Hanna, komm. Sei stark. Wir schaffen das schon. Ein Zurück ist unmöglich. Wir müssen jetzt das Beste aus der Situation zu machen versuchen."

DIE ABNAHME

„Sie fahren mit mir, Georg. Ich habe noch einiges mit Ihnen zu besprechen", sagte Gönner im Foyer.
Sein Wagen stand verdeckt hinter dem von Pawlitsch; genau an dem Mauerabschnitt, an dem Enders die Leiter anlegen wollte. Er sah unauffällig zum Drahtverhau, auf dem der Rabe saß und krächzte. Wenn Raben tatsächlich Unglück bedeuten, sieht es schlecht für uns aus, dachte er und erschrak, als er Schaber am Steuer entdeckte. Gönner setzte sich in den Fond und winkte Enders neben sich. „Sie kennen sich ja schon. Genosse Schaber ist vorübergehend unser neuer Kraftfahrer. Von der Bezirksleitung ausgeliehen, bis uns ein Genosse von Thalheimer zugewiesen wird. Wir werden demnächst auch einen Dienstwagen haben. Dann brauchen Sie kein Taxi mehr nach Dresden zu nehmen. – Wie weit sind Sie eigentlich mit dem Kybernetikprojekt? Genosse Thalheimer hat es schon mehrmals angemahnt. Sie wissen ja, dass er mit dieser Thematik im ZK unter Druck steht."
„Da müssen wir mit Professor Prager noch mal drüber. Zu wissenschaftslastig."
„Wenn er's nicht hinkriegt, schreiben Sie es eben um."
Am Fenster glitten die Villen und der See vorbei.

Gönner kramte in seiner Tasche und entnahm ihr ein Telex. Er sah müde und verbraucht aus. Seine Tränensäcke waren angeschwollen und die Falten an den Augenwinkeln tiefer als sonst.

Verräter, flüsterte Enders innere Stimme. Er stellte sich die Szene mit Gönner und den Typen von der *Firma* vor. Sie werden ihn zermalmen, dachte er. Schon wegen der illegalen Wohnungszuteilung. Die Partei wird ihm eine scharfe Rüge erteilen und Thalheimer ihn fallen lassen. Wer weiß, ob er noch länger Arbeitsgruppenleiter bleiben können wird?

Enders rückte ein wenig zur Seite, als ob er sich durch diesen winzigen Freiraum schützen wollte.

Gönner hielt Enders das Telex unter die Nase. Es war die Auftragsbestätigung für den Film über den Schiffbau in Rostock. „Den sollte ich eigentlich machen", sagte Gönner. „Ich möchte jetzt aber, dass Sie ihn als Regisseur übernehmen. Mir ist endlich das Joris-Ivens-Porträt genehmigt worden. Dafür muss ich längere Zeit in die Niederlande."

„Und der Film Ihrer Frau? Die Künstlerporträts?"

„Die Recherche dafür machen jetzt Pippig und Schwab. Ich möchte, dass Sie in Zukunft als Regisseur bei uns arbeiten, Georg. Sie haben Talent. Das ist schon an den Mustern vom Scheberkahnfilm zu sehen gewesen. Lassen Sie sich von Bosskopp nur nicht verunsichern. Das ist ein Philosoph, kein Künstler."

Enders las das Telex und erkannte, dass dieser Film eine Herausforderung für ihn wäre. Er sah Gönner von der Seite an und sagte: „Danke für das Vertrauen."

Gönner lächelte und sagte: „Schon gut, Georg."

Enders war klar, dass ihn Gönner mit diesem dicken Brocken ködern wollte. Aber immerhin: es war ein großer Auftrag und eine besondere Wertschätzung, da er ja gar kein Regiestudium absolviert hatte. Enders fühlte sich miserabel. Am liebsten hätte er Gönner seinen Verrat offenbart und ihn um Hilfe gebeten. Doch das war natürlich ausgeschlossen.

Wenig später erreichten sie den Parkplatz des Dokfilms, auf den eine weitere schwarze Limousine fuhr, der zwei Typen der *Firma* mit den obligatorischen Ledermänteln, Fellmützen und Stiefeln entstiegen. Der größere hieß Maschner; den anderen mit der Boxernase kannte Enders noch nicht.

„Diese Hardliner haben mir gerade noch gefehlt", seufzte Gönner.

Der Vorführraum, ein kleiner Kinosaal, war überhitzt und bis auf wenige Plätze gefüllt. Enders' Blick schweifte über die Anwesenden. Kein Moritz! – Hatte ihm Gabi den Termin nicht ausgerichtet?

Gönner setzte sich neben Thalheimer in die erste Reihe und wies auf einen freien Platz neben sich für Enders. „Sind Röver und Schiffke gar nicht benachrichtigt worden?" fragte er erstaunt.
„Haben leider kein Telefon."
„Dann hätten Sie ein Telegramm schicken sollen."
„Daran hab' ich nicht gedacht, tut mir leid."
„Gerade die Beiden hätte ich gern hier gehabt. – Na, das ist ja jetzt nicht mehr zu ändern."
Gönner beugte sich vor und flüsterte mit Thalheimer.
Enders drehte sich um und musterte die zweite Reihe, in der Gönners Opponenten saßen: Chefdramaturg Geilhardt, Bosskopp, Regisseur Baginsky und Sieber.
Die Typen der *Firma* hatten sich in der Nähe der Tür platziert. Maschner winkte Geilhardt zu, der geschmeichelt zurück winkte. Beide kannten sich von verschiedenen Abnahmen und kulturpolitischen Hinrichtungen.
Bosskopp warf Enders einen aufmunternden Blick zu und drückte ihm – für alle sichtbar – die Daumen. Diese hinterhältige Art kannte Enders bereits. Sowie er einen Fehler entdeckt, wird er dich wie immer schlachten, dachte er. Dabei schoss ihm Magensäure in die Speiseröhre, die einen längeren Hustenanfall auslöste.

„Nanu", sagte Gönner, „Sie werden doch nicht…"
„Nein, nein, alles gut", schnaufte Enders.
Bosskopp grinste, und Geilhardt schob sich ein Pfefferminzbonbon in den Mund.
Die Hitze im Raum war unerträglich.
„Dann fangen wir jetzt an", sagte Gönner und gab dem Vorführer ein Zeichen.
Das Saallicht erlosch. Die ersten beiden Beiträge riefen keinerlei Reaktionen hervor. In ihnen wurde der Partei und ihrer menschenfreundlichen Politik gehuldigt – zwanzig Jahre friedlicher Aufbau, Freundschaft mit den Bruderländern, Verurteilung der Aggressionspolitik des Westens; Grüße ausländischer Potentaten an die politische Führung der DDR. Enders langweilte sich. Immer die gleichen Rituale und Floskeln, die in der anderen Welt keine Rolle spielten. Keine Überraschungen. Abziehbilder. Er sah sie bereits mit den Augen von drüben. Wie aufgeblasen und fade diese Mumien auf der Tribüne wirkten, die so gefährlich werden konnten. Das hatte er in Prag 68 erlebt, als die russischen Panzer auf den *Karlsplatz* fuhren und die Hoffnung auf einen demokratischen Sozialismus nieder schossen. Er erinnerte sich an die schreienden Tschechen mit den von Hass erfüllten Gesichtern. Dennoch hatte er wie Gönner an einen menschlicheren Sozialismus geglaubt. Doch statt dessen hat-

ten sich die Repressalien gegen die Bevölkerung und die Künstler verschärft, die sich in dem *sauberen Staat* unwohl zu fühlen begannen.

Gönner rutschte auf seinem Sitz hin und her. Auf der Leinwand agierten jetzt die Helden des Alltags. Der landwirtschaftliche Genossenschafts-Vorsitzende, der durch persönlichen Einsatz einen verkommenen Landwirtschaftsbetrieb zu einer Mustergenossenschaft geformt; der Kranführer, der durch diverse Verbesserungsvorschläge die Effektivität des Produktionsablaufs optimiert und die zerstrittene Baubrigade, die sich durch die Führung der Partei zu einer Gemeinschaft entwickelt hatte. Filmisch stach die Episode der Prokuleit heraus, die einen jungen Manager der Kaliwerke vorstellte, der sich gegen die Engstirnigkeit älterer Parteimitglieder durchzusetzen verstand, dessen Ehe jedoch kaputt gegangen war. Bewegend die Einstellung, als er zum Schluss auf der Bank eines Bahnsteigs sitzt, auf den Zug wartet und versichert: „Persönlich stehe ich vor einem Scherbenhaufen, aber ich habe ja noch mein Werk. Die Verantwortung macht mich glücklich. Es ist wunderbar, in diesem Zeitalter zu leben."

Beim Film von Moritz und Röver entstand Unruhe.

„Hört, hört", rief Geilhardt, als die Lyrikerin die Ansicht äußerte, dass beim Verfassen von Gedichten ausschließlich eine innere Stimme ihre Richtschnur sei. Jeder habe einen privaten inneren Raum, der mit niemandem teilbar und der Mutterboden der Originalität sei.

Im Hintergrund surrte der Projektor. Der Staatsratsvorsitzende hielt eine Rede, in der er sich für die besondere Initiative der Werktätigen beim Aufbau des Staates bedankte. Die Musik zitierte Arbeiterlieder, während die Kamera die betagten Herren der Führung und einige bedeutende Kulturschaffende zeigte. „Hurra, hurra, hurra, jubelte die Jugend, schwenkte Fähnchen und warf Blumen in die Menge, während der Abspann lief.

Dann flammte das Saallicht wieder auf. Gönner sah erwartungsvoll in die Runde und nestelte an den Fransen seines Schals. Bosskopp hatte sich zurückgelehnt und starrte an die Decke. Geilhardts Mündchen stand spitz vor, und Baginsky kratzte sich am Kopf. Maschner und die Boxernase tuschelten und schienen sich in ihrem Urteil einig zu sein.

Enders erhob sich schlapp, hörte sich reden, doch seine Worte waren fremde Gebilde. Er sprach vom Mut des Einzelnen, im Interesse der Sache gegen den Strom zu schwimmen. Nicht der Angepasste, sondern der sich selbst Herausfordernde sei der Prototyp eines neuen Menschen. „Unser Staat braucht keine Duckmäuser", rief er in den Raum,

„sondern Menschen, die mit Hirn und Herz menschenfreundliche Lebensräume schaffen. Bequemlichkeit, sich Gehen lassen und Verantwortungslosigkeit sind die Feinde unseres sozialistischen Staates." Er spürte, wie er rot wurde, als er den Staatsratsvorsitzenden zitierte. Er ließ die Worte einen Augenblick wirken und ging anschließend auf die Filmsprache ein, die durch die verschiedenen originellen Handschriften der Regisseure eine Formenvielfalt biete, die ihresgleichen suche. Dennoch seien an dem Werk bis zur Premiere noch einige Veränderungen geplant. Der Staatsratsvorsitzende werde einen exponierteren Platz erhalten und Gedichte der Lyrikerin mit eindeutigem Klassenstandpunkt nachgereicht und filmisch umgesetzt werden.
Stille.
Enders setzte sich und erntete einen wohlwollenden Blick Gönners.
Auf dem Siedepunkt der Spannung bezeichnete Geilhardt die Einschätzung als „schönfärberisch". Das Loblied auf die Subjektivität sei gleichzeitig auch der Schwachpunkt des Films. „Was wir brauchen, ist Kontinuität, die den Beschlüssen der Partei Rechnung trägt. Wo kommen wir hin, wenn jeder macht, was er will? Sich gegen die Beschlüsse der Partei stellt?" Zumal diese Beschlüsse durch Diskussionen in den Parteigruppen auf demokrati-

sche Weise diskutiert und erarbeitet werden. „Angesichts dieses Films müssen wir uns fragen, ob der Einzelne tatsächlich klüger ist als die Partei?" Er formulierte die Gegenposition der Apparatschiks, für die Eigeninitiative mit Ketzertum gleichbedeutend war. Danach nahm er sich die „innere Stimme" der Lyrikerin vor. „Diese innere Stimme, dieser Rückzug ins Kleinbürgerlich-Private, der zumeist Subversivität im Schlepptau hat, darf gar nicht erst ins Bewusstsein der Massen dringen." Unser Staat sei ohnehin eine offene Gesellschaft, in der kein Platz für persönliche Geheimniskrämerei sei.

Nach ihm ergriff Bosskopp das Wort, der – oh Wunder – Geilhardts Argumente abzuschwächen versuchte. Die Bezeichnung Subjektivismus auf diesen Film angewandt, sei nicht ganz zutreffend, meinte er. Philosophisch gesehen sei im Subjektivismus der Einzelne, das Subjekt, das Maß aller Dinge. Die individuelle Wahrnehmung und die individuellen Interessen des jeweiligen Subjekts bestimmten seine Realität, welche schon dadurch notwendig eine relative sei. Im Film jedoch ginge es nicht nur um die Realitäten der einzelnen Subjekte, sondern auch um das Einbringen der einzelnen Subjekte mit ihren Erfahrungen und persönlichen Zielstellungen bei der Verwirklichung einer großen Idee. Insofern müsse er Enders' Einschätzung unterstützen, obwohl ihr diesbezüglich der gesellschaftspolitische und philosophische Tiefgang fehle.

Enders schluckte und unterdrückte seine Wut.

Geilhardt hatte sich in seinen Sitz geduckt und wirkte nun wie eine lauernde Kobra.

„Genossen", rief Maschner, setzte sich in Positur und schlug ein Bein über das andere. Für ihn lag der Film genau in der ideologischen Richtung, die die Partei in letzter Zeit vorgab. Natürlich habe der Bürger ein Recht auf Privatsphäre. Wenn nicht bei uns, wo dann? Natürlich habe er auch ein Recht auf Individualität. Wenn nicht bei uns, wo dann? Insofern trage der Film durchaus dazu bei, die Linie der Partei zu unterstützen. „Verantwortungsbewusstsein und das Engagement jedes Einzelnen sind entscheidend für die erfolgreiche Verwirklichung unserer Gesellschaft. Wir müssen den Bürger endlich in seine Verantwortung entlassen. Unter der langjährigen Führung der Partei ist er nun allmählich mündig geworden." Doch in dem Beitrag über die hoffnungsvolle Lyrikerin schössen die jungen Regisseure bei aller Toleranz ein wenig über das Ziel hinaus, da Form und Inhalt keine Einheit bildeten. Es sei nicht einzusehen, warum der Film hell werde, als sei die Dichterin ein Engel, wenn sie von ihrer Kindheit und den Puppen spreche. „Und was soll dieses halbnackte Posieren vor der Kamera?"

Natürlich habe die heutige Jugend ein anderes Verhältnis zu ihrem Körper als früher. Auch in dieser Beziehung habe sie der Staat freier gemacht. Man denke nur an die vielen Nacktbadestrände der Meerbäder. Doch in einem Film, der die Errungenschaften des Staates zu würdigen versuche, sei das unangebracht. „Wir empfehlen, nachzudrehen und umzuschneiden." Insgesamt aber sei der Beitrag durchaus eine Bereicherung, da er das sensible und intellektuelle Potential unserer Jugend zeige. Zu begrüßen sei außerdem, dass nicht nur politische Gedichte ausgewählt worden seien, sondern auch solche, die die Schönheiten der Natur besängen. Dieser Aspekt sei überhaupt noch viel zu wenig in unserer Kunst berücksichtigt worden. Die Menschen unseres Staates seien der Natur zugewandt. Sie hegten und pflegten sie, da sie ihre wertvolle Arbeitskraft regeneriere.

Geilhardt grinste, als ob er es besser wüsste.

Gönner erhob sich selbstzufrieden und bedankte sich für die ermunternde Diskussion. „Die Anregungen des Genossen Maschner nehme ich sehr gerne auf." Dabei sah er weder Bosskopp noch Geilhardt, sondern einzig die beiden Typen der *Firma* an, die offenbar von Thalheimer instruiert worden waren.

Auf Enders wirkte die Rede Maschners verstörend. Sollte sich die Kulturpolitik tatsächlich lockern?

Gab es jetzt auch für die privaten Töne in der Kunst Verständnis? Wenn ja, hätten seine Stücke *Villon* und *Racke* durchaus eine Chance. Zumal sie Prototypen des Individuellen mit gesellschaftlichem Engagement waren.

Maschner und sein Kollege hatten sich bereits erhoben und diskutierten mit Geilhardt und Bosskopp.

„Sie haben sich wacker geschlagen", raunte Gönner Enders zu. „Unerhört, dass Bosskopp Sie bloß zu stellen versuchte. Darüber sprechen wir noch."

„Danke", sagte Enders und wagte nicht, Gönner in die Augen zu sehen.

ERSTES ZWISCHENSPIEL

Um Alltagsroutine vorzuspielen, telefonierte Enders nach der Abnahme in Gegenwart von Bosskopp mit Professor Prager und vereinbarte einen Termin für die kommende Woche. Danach begab er sich ins Sekretariat, um seine Post abzuholen. Sein letzter Gang zur Bindenfein! In seinem Magen rumorte immer noch ein flaues Gefühl. Schaber war in seinem Zimmer verschwunden, und für den Schlüssel des Sicherungskastens hatte sich bislang noch keine günstige Gelegenheit ergeben. Wie wird sich Koschwitz verhalten, wenn er mich mit einer Leiter im Foyer entdeckt? dachte er. Wird er mich abzuhalten versuchen; die Grenzer rufen; es auf einen Kampf ankommen lassen? Das Beste wäre, einen Knüppel in Reichweite zu haben. Aber wo einen finden in diesem verdammten Schnee?

Wie immer tippte die Bindenfein in affenartiger Geschwindigkeit Gönners Drehbücher ab; das Holzbein unterm Schreibtisch vorgestreckt. Sie war die Tochter eines Schlossers und mit ihrer Mutter in den letzten Kriegsmonaten aus den Ostgebieten geflüchtet. Bei einem Tiefliegerangriff hatte sie ihr rechtes Bein verloren, als sie unter einen umkippenden Lastwagen geriet. Trotz dieses Handicaps hatte sie sich für mehrere Jahre als Sekretärin auf eine Großbaustelle verpflichtet und dort Gönner kennengelernt, als er seinen preisgekrönten Film *Die Helden unserer Zeit* gedreht hatte, in dem sie in einigen Einstellungen als Sekretärin der Parteileitung zu sehen war. Seit dieser Zeit war sie ihm ergeben und zu jeder Überstunde bereit. Sie hatte sich als Achtzehnjährige um die Aufnahme in die Partei beworben und war seitdem ehrenamtliche Mitarbeiterin im Vorstand der *Deutsch-Sowjetischen Freundschaft,* trieb Mitgliedsbeiträge ein und organisierte Treffen mit den Soldaten der Besatzungsmacht. „Ah, Sie", rief sie in ihrer spitzen Art. „Haben Sie gestern den Briefkasten geleert? Sie wissen, dass das meine Aufgabe ist."

Enders hatte sich auf diese Frage vorbereitet und sagte: „Ich habe ein Schreiben vom Theater erwartet, auf das ich so schnell wie möglich antworten musste. Dabei habe ich die andere Post auch gleich mitgenommen. Ist das ein Staatsverbrechen?"

„Sie brauchen das gar nicht ins Lächerliche zu ziehen."

„Entschuldigung, kommt nicht wieder vor", sagte Enders, um keine lange Diskussion aufkommen zu lassen. „Ist Post für mich da?"

„Im Eingang." Die Bindenfein wies auf Briefe, die in einer braunen Kunststoffschale lagen. „Ihrer liegt oben."

Durch die Sortierung wusste sie, wer von wem Post erhielt. Möglicherweise öffnete sie verdächtig erscheinende Briefe über Wasserdampf und gab ihr Wissen an die *Firma* weiter.

„Herr Gönner hat sich gewundert, dass ihr Wagen nicht in der Garage steht."

„Er weiß schon Bescheid."

„Und Herr Schiffke ist sauer, dass Sie ihn nicht früher wegen der Abnahme verständigt haben."

„Ich habe seiner Frau Bescheid gesagt."

„Offenbar zu spät. Sie hätten ein Telegramm schicken sollen."

„Mein Wagen ist seit vorgestern in der Werkstatt. Ich habe auch noch anderes zu tun", entgegnete Enders wütend und nahm den Brief an sich.

„Das können Sie ihm nachher selber sagen."

„Er kommt hier her?"

„Wohin denn sonst?"

Enders verließ das Büro.

Jetzt schien genau das einzutreten, was er befürchtet hatte. Er lehnte sich an die Wand, atmete tief durch und las den Absender des Briefes: sein Vater! – Er musste die Rucksäcke verstecken! Überhaupt alles, was nach Flucht roch.

Im Foyer war es still. Durch den unteren Spalt der Haustür strich ein eisiger Luftzug. Auch die Tür zum Park war mit Eisblumen bedeckt und die Bäume nur noch schemenhaft sichtbar.

Enders hörte Schritte und huschte die Treppe hinauf. Von einer dunklen Nische aus beobachtete er, wie Gönner zur Toilette ging. Der Kopf war gesenkt, seine Arme schlenkerten kraftlos. Er lässt sich trotz seines Alters nicht kleinkriegen und von niemandem einschüchtern, dachte Enders.

Die Flurtür klappte. Schaber! Er schlich zu Bosskopps Büro und lauschte. Dann zu Gönner.

Als sich die Toilettentür öffnete, prallte er zurück und lächelte.

„Alles in Ordnung?" fragte Gönner.

„Alles in Ordnung", sagte Schaber. „Ich wollte gerade zu Ihnen. Ich will mir noch ein paar Decken für die Nacht holen. Könnte ich Ihren Wagen dafür haben?"

„Sie wissen, dass ich um 20 Uhr in der Hauptstadt sein muss. Ich brauche ihn spätestens bis 18 Uhr zurück."

Also blieb Schaber die Nacht über in der Arbeitsgruppe!

Als Enders in seinem Zimmer den Brief seines Vaters öffnen wollte, stand Hanna in der Tür, die von ihrem Besuch bei der Schubert kam. „Hinter der leergeräumten Villa ist ein Weg, den wir von unserem Fenster aus nicht sehen", sagte sie und warf sich in den Sessel.

„Wirklich?!"

„Wirklich. – Wir hätten das Auto nicht verkaufen dürfen. Dann könnten wir jetzt ohne Probleme zurück."

Enders ging in die Hocke und umklammerte ihre Hände.

„Es ist jetzt so, wie es ist, Hanna. Es tut mir leid, dass ich euch in diese Situation gebracht habe", sagte er.

Hanna stand auf und ging an das vereiste Fenster, an dem noch einige Fingerabdrücke zu sehen waren. „Ich will nicht, dass sie dich erschießen."

Enders ging zu ihr und zog sie an sich. „Es wird alles gut. Ich bin ein Glückspilz, Hanna. Das weißt du doch." Er versuchte zu lachen, doch es blieb ihm im Hals stecken.

Schweigen.

„Glaubst du, dass ich weiterleben könnte, wenn du tot bist?"

„Du musst, Hanna, für Tommy. Du weißt doch, was mit ihm geschieht, wenn…"

„Wäre ich nur niemals hier her gezogen."

Enders küsste sie auf den Mund.

Sie begann zu weinen.

Er war hilflos. Alles war gesagt.

„Hast du Schlaftabletten bekommen?", fragte er, um sie abzulenken.

„Ja."

„Das Beste wird sein, wenn du mit dem Jungen noch ein bisschen spazieren gehst und die Augen offen hältst", sagte er, da er sie in dieser Situation nicht auch noch mit dem Auftauchen von Moritz beunruhigen wollte, den er mit dem Hinweis auf seine Angina rasch loszuwerden glaubte, was ein Irrtum war.

DER BRIEF DES VATERS

Enders' Vater schrieb, dass die Mutter jetzt schon am frühen Morgen trinke und ihren Schnaps in den Stiefeln, im Wasserkasten der Toilette oder zwischen ihren Schlüpfern im Schrank verstecke. „Ich weiß nicht mehr, was ich tun soll", schrieb er. „Es wäre schön, wenn du am Wochenende kämst, um das weitere Vorgehen zu besprechen." Mit *weiterem Vorgehen* war die Einweisung in eine psychiatrische Klinik gemeint. Das hatten sie im letzten Jahr x-mal vergeblich versucht. Trotz längerer Gespräche, trotz Einsicht keine Besserung! Enders liebte seine Mutter und hasste sie, wenn sie betrunken war, lallte, kotzte, ihn und den Vater mit unflätigen Worten beschimpfte.

Enders starrte auf die akkuraten Buchstaben, die ein aus dem Ruder gelaufenes Leben beschrieben. „Du weißt, wie sehr ich Deine Mutter liebe", schrieb der Vater, „bin nun aber an der Grenze meiner Belastbarkeit angelangt. Auch ich habe ein Recht auf ein würdevolles Leben. Doch diese Würde ist mir in den letzten Monaten abhanden gekommen. Ich ekle mich vor einem Menschen, den ich liebe. Verstehst du das? Ja, ich bin sicher, du verstehst das und hilfst mir, diese unleidige Situation zu verändern. Wir müssen Mutter am Sonntag mit Deinem Wagen nach Wicken bringen. Ich habe durch Fürsprache der Partei einen Platz in einer Anstalt erhalten. Ich sehe keine andere Möglichkeit mehr. Lasse sie jetzt so viel trinken wie möglich, um sie besser transportieren zu können. Ich hoffe, dass Du nichts anderes vor hast. Dein trauriger, Dich liebender Vater."

Im entscheidenden Moment nicht zur Stelle, dachte Enders. Der Vater wird warten. Für einen Anruf in seiner Firma war es schon zu spät. Um diese Zeit war er bereits zu Hause. – Ausgerechnet dieses Wochenende! Es tut mir leid. Aber noch mehr tat ihm seine Mutter leid. – Seltsam, dass er in den letzten beiden Wochen nie an seine Eltern gedacht hatte.

„Selbstverständlich nehmen wir Sie mit, Frau Bindenfein", hörte er die Prokuleit im Foyer sagen.

Das Holzbein schlug aufs Parkett. Die Haustür fiel ins Schloss.

Jetzt hielten sich nur noch Gönner und die Sieber in der Arbeitsgruppe auf. Blieb die Frage, wann sie sie verließen und Schaber mit seinen Decken zurückkam. Möglicherweise trudelten nach und nach auch Gönners Assistent, Koschwitz und der Dirigent wieder ein, der an den Wochenenden oft zu seiner Frau nach Dresden fuhr. Koschwitz kam wahrscheinlich erst spät. Der Dirigent ebenfalls, da er Filmmusik einspielte.

Enders ging in die Toilette und betrachtete sich frierend im Spiegel. Er fuhr sich mit der Hand durch sein fettiges Haar und sehnte sich nach einem heißen Bad. Das letzte hatte er vor vier Wochen bei seinen Eltern genommen. Er streckte seine Zunge heraus und betrachtete den weißlichen Belag. Der Rachen war noch immer rot, aber abgeschwollen. Im Umdrehen bemerkte er, dass das Badezimmerfenster gesprungen war. Also war es nur noch eine Frage der Zeit, bis das Spülbecken und auch die anderen Rohre zufroren.

Zur Sicherheit wäre es besser, den Sicherungskasten aufzubrechen, dachte er. Ohne Licht war er allen überlegen, da er das Haus bis in den letzten Winkel kannte.

Im Zimmer packte er den Brief seines Vaters in den Rucksack, den er im Schrank verstaute. Er fischte die verschiedenen Fassungen der Einschätzung aus dem Papierkorb und platzierte sie neben die Kybernetik-Bücher, um den Eindruck von Arbeit und Normalität zu erwecken. Schließlich betrachtete er die vereisten Fensterscheiben und die Pappeinlage, die sich noch weiter aufgebogen hatte. Er wickelte sich in eine der Decken und beobachtete die Straße.

ERSTES GESPRÄCH MIT MORITZ

„Hallo, Alter!" Moritz knipste das Licht an.
Enders erschrak, da er eingeschlafen war. Sein Blick fiel auf Moritz' schmale Lippen und das hochmütig wirkende Kinn. Die ein wenig zu lang geratene Nase verlieh ihm ein füchsisches Aussehen. Er roch nach Knoblauch und trug seine braune abgewetzte Lederjacke und einen schwarzen Schal, der ihn blasser erscheinen ließ, als er ohnehin schon war. Dazu eine Pelzmütze, die er einem russischen Offizier im Kasino abgekauft hatte. In der rechten Jackentasche steckte ein Lyrikband von Jewtuschenko. „Na, haben sie uns endgültig gekillt?" fragte er in seiner provokanten Art und betrachtete seine schwarzen Wollhandschuhe.
Jetzt ist er also da, dachte Enders und faltete die Decke zusammen. „Ihr müsst nur ein paar kleine Änderungen machen, und der Film ist gerettet."
„Ah ja? – Was denn für Änderungen?" Moritz' Augen funkelten angriffslustig.
„Zwei, drei Gedichte mit eindeutigem Klassenstandpunkt müssen noch rein, und die High-Key-Einstellungen raus. Auch die Szenen mit dem Kinderdreirad und den Puppen."

„Die kapieren überhaupt nichts! *Die Erkundung der Welt auf drei Rädern* macht den Klassenstandpunkt eindeutig klar."
„Aber die erwachsene Lyrikerin auf einem Dreirad… das finden viele affig."
„Affig?! Das ist ihre Art, Erinnerung aufzuarbeiten."
„Darüber sprichst du am besten mit Gönner. Ich kann nur sagen, was sie bemängelt haben."
„Wer ist *sie*?" zischte Moritz.
„Bosskopp, Geilhardt. Erstaunlicherweise haben die Typen der *Firma* eure filmische Herangehensweise begrüßt. Auch die Nackt-Szenen. Nur eben die High-Key-Einstellungen nicht. Das erinnerte sie zu sehr an Engel, die im Licht des Heils verschwinden."
Moritz lachte. „So ein Blödsinn. Das sind doch die Überleitungen zu ihrer Erinnerung."
„Die interpretieren das eben anders."
„Und Gönner?"
„Was soll er denn machen? Sich gegen sie stellen? Er wird den Teufel tun. Lieber schmeißt er euren Beitrag raus."
„Gönner hat diese Einstellungen doch gut gefunden. Du auch."
„Nach mir geht's ja leider nicht."
„Mist. Was das für Arbeit macht, das rauszuschneiden und neu zu drehen. Falls diese Zicke von Lyri-

kerin überhaupt mitmacht. Und falls das zeitlich überhaupt geht. Du weißt doch, wie das mit dem Material und den Kameras ist. Sie suchen nur einen Vorwand, um den Film zu kippen. Schlau, sehr schlau. Das haben sie abgesprochen." Moritz musterte Enders und sagte: „Genau diese Hardliner haben damals meinen Vater gekillt! Auf eben diese verständnisvolle Weise."

Moritz kniff die Lippen zusammen, griff in seine Jackentasche und zog seine Augentropfen heraus. Danach setzte er sich in den Sessel, um sie in die Augen zu tropfen. Er schien Zeit gewinnen zu wollen. Schließlich stand er wieder auf und sah sich um. Sein Blick blieb erst an Enders, dann am Fenster haften. „Scheiß Kälte hier. Irgendwann werden Sie euch evakuieren."

Enders hatte Mühe, sich seine Nervosität nicht anmerken zu lassen.

„Dann ist es vorbei." Moritz sah Enders herausfordernd an.

„Vorbei?"

„Ich hab' läuten hören, dass die Arbeitsgruppe in die Hauptstadt verlegt werden soll."

„Das ist gar nicht sicher. Ich habe heute mit Gönner darüber gesprochen."

„Und du glaubst, dass er dir die Wahrheit erzählt?"

Moritz bemerkte die leicht vereisten Löcher in den Eisblumen am Fenster und fuhr mit dem Finger darüber. „Und wenn doch?"
„Was willst du denn machen?"
„Das sollten wir uns sehr genau überlegen. Hast du vielleicht einen Schnaps? Ich bräuchte jetzt dringend was Hartes."
„In der Küche steht meistens was rum."
„Dann gehen wir runter."
An den Fenstern in der Küche blühten ebenfalls Eisblumen, da alle Elektroöfen in den Schneideräumen standen.
„Überall arschkalt", krächzte Moritz und beobachtete, wie Enders auf einen der Küchenschränke zusteuerte, in dem verschiedene Schnapssorten für besondere Gäste standen.
„Kognak oder Wodka?"
„Wodka."
Enders goss ihm sto Gramm in der Hoffnung ein, dass er betrunken würde.
„Trinkst du nichts?" fragte Moritz mißtrauisch.
Enders wies auf seinen Hals. „Angina. Penicillin. Hat dir das Gabi nicht erzählt?"
Moritz schüttelte den Kopf. Er trank nur zwei Schluck und goss den Rest in die Spüle.
„Der schöne Wodka", stöhnte Enders theatralisch.
„Du wolltest mich wohl betrunken machen?"

„Nein, ermorden."

Moritz lachte. „Das bekämst du fertig. Das käme dir zu pass, wie? – Ich muss mit dir reden. Draußen."

„Bei der Kälte? Ich hab' Angina, Mann."

„Ich denke, du hast Penicillin geschluckt? Man weiß ja nie", sagte Moritz und machte eine ausgreifende Geste mit der Hand.

„Hier doch nicht!"

„Und wenn doch? Gerade hier."

Enders zog seinen Schal enger um den Hals. „Wenn's unbedingt sein muss."

Draußen war es schon dunkel. Die Laternen bestrahlten die Mauer, auf der sich mehrere schmale Eisbahnen gebildet hatten. Auch oben am Ansatz des Drahtverhaus. Da konnte die Leiter leicht abrutschen. Das Beste war, sie an der Auflegestelle mit Tüchern zu umwickeln.

Moritz war Enders' Blick gefolgt. Er schien seine Unruhe zu spüren.

Im Westhaus brannte Licht. Enders' Blick fiel auf die geräumte Villa, die jetzt auch im Dunkel lag. Die Kälte schnitt ihm in Nase und Wangen.

Angesichts des möglichen Todes kam ihm das Leben absurd vor – die Mauer, die Flucht, seine Arbeit. Die ewigen ideologischen Diskussionen. Der mögliche Tod erzeugte eine fatalistische Gleichgültigkeit.

Moritz verschnürte seine Ohrenklappen unter dem Kinn, und Enders presste seinen Jackenkragen zusammen.

„Es wird langsam eng", sagte Moritz, als sie sich weit genug von der Arbeitsgruppe entfernt hatten.

„Ich weiß nicht, was du meinst."

„Du weißt genau, was ich meine. – Sind wir noch Freunde oder nicht?"

„Was soll der Blödsinn? Was ist los?!" fragte Enders etwas zu forsch, da er sich weder eine Blöße geben, noch schuldbewusst erscheinen wollte. „Es ist zu kalt. Ich muss wieder rein. Ich will mich nicht noch mal erkälten. Also, schieß los, was gibt's."

Moritz' Oberlippe zitterte. „Du willst die Flatter machen! Willst dich feige davon stehlen. Das hätte ich nicht von dir gedacht, nach dem, was ich alles für dich getan habe."

Seine Augen sprühten Hassfunken. Sein Kinn reckte sich vor.

Seltsamerweise erschrak Enders nicht, da er einen solchen Ausbruch erwartet hatte. „Wie kommst du denn darauf?" fragte er so ruhig wie möglich.

„Nase", rief Moritz. „Ich kenn' dich lange genug. Du hast Schiss, zu deinem Wort zu stehen. Wir hatten abgemacht, es zusammen zu machen."

„Da hat dich deine Nase diesmal getäuscht", sagte Enders lauter, als er wollte.

„Glaub' ich nicht. Glaub' ich ganz und gar nicht. – Dir ist doch klar, dass sie dann hier alles dicht machen. Dass für Gabi und mich die Sache gegessen ist."

„Hör auf. Ich hab' jetzt keine Lust, mich wegen blödsinniger Verdächtigungen rechtfertigen zu müssen."

„Okay, okay", sagte Moritz und ging in Richtung Arbeitsgruppe. Vor der Tür blieb er stehen und maß Enders mit einem verächtlichen Blick. „Ich geh erst mal zu Gönner. Man kann ja nie wissen. Danach reden wir weiter."

ZWEITES ZWISCHENSPIEL

„Sieht man sich heute Abend noch?" fragte der Dirigent, der Enders mit einem Notenbündel unter dem Arm auf der Treppe begegnete. „Zu einem Gläschen Wein? Einem Spielchen Schach?"

Enders wies auf seinen Hals. „Tut mir leid. Angina. Sonst, Sie wissen ja, immer gerne."

„Schade, da muss ich mein Weinchen eben alleine trinken." Er wedelte zum Abschied mit der freien Hand in der Luft.

Zwei Mann sind zu viel! dachte Enders. Vielleicht hätte ich doch nicht absagen und auch ihm ein Schlafmittel in den Wein mischen sollen?!

Im Wohnzimmer lag Hanna mit geschlossenen Augen, Rentiermütze, Mantel und Stiefeln auf dem Bett. Tommy hockte mit mehreren übereinander gezogenen Pullovern am Tisch und malte.

„Siehst du dir nachher meinen Schneemann an, Papa?" fragte er.

„Morgen. Jetzt ist es schon zu dunkel."

„Ich hab' einen Clown gemalt, guck mal."

„Sehr schön. Du kannst wunderbar malen, Tommy. – Ist dir kalt?"

„Ein bisschen. Mit den Pullovern geht es aber."

„Schön." Enders strich Tommy über den Kopf. Er musste an sich halten, um nicht die Kontrolle über sich zu verlieren. Sein Schuldgefühl stak wie ein rostiger Nagel in seiner Seele.

„Ist was?" fragte Hanna.

Enders nickte und machte ihr ein Zeichen, ihm zu folgen.

„Immer geht ihr raus, wenn ihr was besprechen wollt", sagte Tommy.

„Wir kommen ja gleich wieder, Tommylein. Sei brav, ja?" sagte Hanna.

Die Tür zur Toilette war verschlossen. Enders zog Hanna an das gegenüberliegende Fenster, das sich in der Nähe von Schabers Zimmer befand.

„Moritz ist bei Gönner. Er hat Lunte gerochen."

Hanna riss entsetzt die Augen auf.

„Ich werd' schon mit ihm fertig", beruhigte er sie.

„Du bist zu nichts verpflichtet", sagte Hanna. „Wir sind jetzt wichtiger als er und seine Gabi."

„Die Spülung ist eingefroren, verdammt", rief Schaber von der Toilettentür aus. „Gibt's hier irgendwo einen Eimer, dass ich nachspülen kann?"

„In der Küche", rief Enders.

„Okay. Ich sag' dann auch dem Genossen Gönner Bescheid."

„Warte hier. Ich schau mal in der Haupttoilette nach", sagte Enders zu Hanna und lief nach unten. Glücklicherweise funktionierte sie noch.

„Geht es Ihnen besser?" fragte die Sieber, die in ihrem Pelzmantel Gönners Schneideraum verließ. Ihre Lippen leuchteten knallrot.
„Ja. Vielen Dank."
„Wir sind heute gut vorangekommen. Morgen früh machen wir weiter. Herr Gönner hätte sie dann gern bei einigen Umstellungen des Kommentars dabei."
„Ich muss morgen Vormittag meinen Wagen abholen", sagte Enders, da er verhindern wollte, dass die Flucht zu früh entdeckt würde. „Um Zwölf?"
„Ja, das ginge. Vorher muss ich sowieso noch einige Geräusche und Musiken anlegen. Bye, bye."
„Ist dir draußen was aufgefallen?" fragte Enders, als er wieder neben Hanna stand.
„Nichts."
„Seltsam. Das ist schon den ganzen Nachmittag so."
Tommy öffnete die Tür. „Ich hab' Durst, Mama."
„Kannst du nicht mal selber im Schrank nachgucken?"
„Hab' ich ja. Ist aber nichts mehr da."
„Na, dann komm. Vielleicht finden wir ja in der Küche noch was."
Enders ging in die Garage, um nach einem Gegenstand zu suchen, mit dem er Schaber und möglicherweise auch den Dirigenten außer Gefecht setzen könnte. Doch er fand nur zwei Stöckchen, die für die Ölkontrolle verwendet wurden.

Er ging zurück in die Küche und entdeckte, dass in der geräumten Villa Licht brannte. Ein Schatten zeichnete sich auf der Wand neben dem Fenster ab. Ein Grenzer öffnete das Fenster und betrachtete das Haus auf der Westseite. Schließlich schloss er es wieder und löschte das Licht.

Der Wintergarten der Schubert lag im Dunkel.

Die beiden Grenzer gingen um die leergeräumte Villa und verloren sich hinter den verschneiten Bäumen.

Der Offizier rief ihnen über den Zaun etwas zu, das Enders nicht verstand.

Aus der Stadtrichtung knatterte ein *Wartburg* heran und hielt direkt vor der Garageneinfahrt, so dass er den Blick auf die geräumte Villa verstellte.

Sieber schoss aus dem Wagen. Freitagabend kam er nur selten in die Arbeitsgruppe. Hatte das irgendwas zu bedeuten?

Der Offizier schlenderte zum Feldweg zwischen der Mauer und der Regisseursvilla, auf dem die beiden Grenzer zurück kamen. Der Kleinere erstattete Meldung. Der Offizier dankte. Dann marschierten sie zum Jeep und fuhren Richtung Stadt.

Was hatten sie in der Villa gewollt? Jetzt dämmerte sie in dunkler Gefährlichkeit vor sich hin.

Im Foyer entdeckte Enders Licht in Siebers Schneideraum. Dieser Mann verkörperte all das, was er hasste. Sieber war servil und anpassungsfähig, wenn es der Karriere diente, illoyal unter dem Deckmantel der Parteilichkeit und zynisch. Er wusste genau, wann er was wie sagen musste und zitierte die Parteitagsbeschlüsse, um sie für seinen Vorteil zu nutzen. Einige Dozenten der Hochschule für Filmkunst behaupteten sogar, dass er die Absicht habe, Direktor der Hochschule zu werden, an der er bereits Gastprofessor war.

ZWEITES GESPRÄCH MIT MORITZ

Enders hatte die Füße zum Elektroofen gestreckt und starrte auf die von den Laternen beleuchteten Eisblumen. Sie erinnerten ihn an Chrysanthemen und den Tod. Er betrachtete seine Hand und dachte: Wahrscheinlich wirst du heute Nacht schon verfaulen. Dein Körper wird verfaulen. Dein Leben verfault, und du hast nichts erreicht. Deine Stücke wurden aus ideologischen Gründen nicht aufgeführt und deine aufsässige Prosa hast du gar nicht erst angeboten. Du bist auf der ganzen Linie gescheitert, Georg Enders.

„Wieso sitzt du denn schon wieder im Dunklen?" fragte Moritz, der auch diesmal ohne anzuklopfen eingetreten war.

„Wie war's beim großen Zampano?" versuchte ihn Enders abzulenken.

„Wie wohl? Seine Veränderungsvorschläge machen unsere Handschrift kaputt. – Ich geh erst mal pinkeln, dann reden wir weiter."

„Die Toilette oben ist eingefroren."

„Auch das noch! Dann wird auch bald die untere einfrieren. Gönner wird bestimmt nicht in den Schnee scheißen, Bosskopp und Sieber auch nicht.

Und die Prokuleit schon gar nicht. Du weißt, was das bedeutet?"
Moritz schloss die Tür.
Vom Nebenraum hörte Enders Hanna schimpfen: „Keine Widerrede! Du gehst jetzt ins Bett, Tommy."
Enders wusste, dass Hanna das Schlafmittel von der Schubert in den Kakao gerührt hatte. Er starrte auf den Juden und den Fisch. Der Jude schien froh zu sein, den Fisch gefangen zu haben, der ihm das Überleben sicherte. Tod und Leben! Der Körper des Juden war so dünn, als würde er jeden Augenblick zerbrechen. Jeder braucht zum Überleben seinen Fisch, dachte Enders.
„In der Toilette friert man sich den Arsch ab", sagte Moritz.
Es war das erste Mal, dass Enders ihn hasste.
„Lass uns noch mal rausgehen."
„Ich bin krank."
„Ich geh' hier nicht eher weg. Komm schon."
„Gut. Wenn es unbedingt sein muss." Enders wollte sich auf keinen Fall festnageln lassen.
Im Foyer warf nur eine Deckenlampe gelbliches Licht auf das alte Schiffsparkett. Am Garderobenständer schlüpfte Sieber in seinen Mantel. Jetzt hing nur noch der von Gönner dort und seine Mütze mit der Bommel.

Moritz grüßte Sieber flüchtig. Enders nestelte an seinem Parka herum. Aus Gönners Schneideraum schimmerte Licht durch die untere Türritze.

„Soll ich Sie irgendwohin mitnehmen?" fragte Sieber.

Moritz wandte sich an Enders. „Du bringst mich doch, oder?"

„Mein Wagen ist in der Werkstatt."

„In der Werkstatt?" fragte Moritz erstaunt und wandte sich wieder an Sieber. „Vielen Dank für Ihr Angebot. Aber dann muss ich wohl laufen, da wir noch die Veränderungswünsche am Jubiläumsfilm durchsprechen müssen."

„Das ist natürlich wichtig."

Moritz und Enders überquerten die Straße.

Die Quermauer sah Enders nur in Umrissen; auch die Bäume, durch die ein eisiger Windstoß pfiff.

Moritz schwieg. Erst vor der Schubert-Villa schaute er zu Enders auf. „Dein Wagen ist in der Werkstatt?"

„In der Werkstatt."

„Seltsam."

„Hör endlich mit diesen blöden Spielchen auf", rief Enders gereizt.

„Vielleicht wäre es gut, wenn du endlich mit der Wahrheit heraus rückst!"

„Wahrheit?! Was für eine Wahrheit?"
„Wir hatten eine Abmachung, und jetzt willst du ohne uns die Flatter machen. Das ist mies, mein Lieber, verdammt mies."
Enders versuchte, ein unschuldiges Gesicht aufzusetzen. „Wer sagt denn so was?"
„Ich glaub' nicht, dass dein Wagen in der Werkstatt ist. Ich glaube, dass du ihn verkauft hast."
Enders blieb ruckartig stehen und starrte Moritz an. „Was soll denn dieser Quatsch jetzt?!"
„Wenn du denkst, dass ich blöde bin, hast du dich geschnitten. Die Fingerabdrücke in den Eisblumen! Du hast die Patrouillen beobachtet!" Er lachte kurz auf, schob sich nahe an Enders heran und sagte mit drohendem Unterton. „Entweder – oder."
„Entweder – oder, was?" rief Enders aus der Fassung gebracht.
„Entweder alle oder keiner. Ich hab' keine Lust, in diesem Spießerstaat zu versauern. Du weißt genau, dass das auch für mich die einzige Chance ist. Wenn du abhaust, hat mich die *Firma* im Visier, bin ich erledigt."
Vom See trottete eine Patrouille in Schneeanzügen herauf.
Enders und Moritz machten kehrt und liefen schweigend wieder in Richtung Arbeitsgruppe.

Dabei fiel Enders ein Fenster links von der Garage im Keller auf, das er zuvor nie bemerkt hatte. Von ihm war die leergeräumte Villa besser als von Gönners Garage zu beobachten.

„Also?" fragte Moritz. „Was machen wir?"

„Was machen wir, was machen wir?!"

„Ich geh' hier nicht eher weg, bevor ich nicht weiß, was gespielt wird."

Wenn ich mich auf ihn einlasse, dreht Hanna durch, dachte Enders.

„Die Sauerei ist, dass du mir nichts gesagt hast", fauchte Moritz. „Nach all den Jahren, die wir uns kennen. Nichts gesagt!"

„Weil du erst weg wolltest, wenn du deinen scheiß Diplomfilm gedreht hast", explodierte Enders.

„Das ist kein Grund. Man kann über alles reden."

Enders war im Zweifel, ob er ihm von seinem Gespräch mit der *Firma* erzählen sollte. Doch war jetzt nicht alles egal? „Mich hat die *Firma* in der Zange. Hannas Passierschein ist in einigen Tagen abgelaufen und wird wahrscheinlich nicht mehr verlängert. Es ist nur noch eine Frage der Zeit, bis wir hier raus müssen. Für mich ist es unmöglich, noch ein halbes Jahr zu warten. Außerdem haben sie erst vor ein paar Tagen die Villa neben der Mauer geräumt. Möglich, dass sie dort Posten unterbringen, wenn nicht schon welche drin sind. Vielleicht sogar Scharfschützen."

„Das hättest du mir alles sagen können. Dann hätten wir gemeinsam geplant."

Sie erreichten die Kreuzung, von der eine Straße in die Stadt führte. In der Ferne leuchtete der angestrahlte Schlagbaum. Ein Grenzer rauchte vor dem Wachhäuschen. Es schneite wieder. Die Schneeflocken tanzten im Wind. Hinter einigen erleuchteten Fenstern regten sich Schatten.

„Also, warum hast du mir nichts gesagt?" insistierte Moritz.

„Weil ich nicht mehr darauf warten kann, bis du dein beschissenes Diplom in der Tasche hast, und wir außerdem Gabi ins Sperrgebiet schmuggeln müssen. Das ist im Augenblick zu gefährlich. Ich habe Familie."

„Du hast mir versprochen, sie rein zu bringen. Da hattest du auch schon Familie."

„Das Risiko ist inzwischen zu groß. In letzter Zeit sind dauernd Kontrollen."

Moritz schlug sich die Arme um den Körper. „Gut, dann lass' uns gründlich überlegen."

„Überlegen? Was gibt's denn da zu überlegen?"

„Wie wir Gabi am besten rein schmuggeln können."

Du musst ihn überlisten, dachte Enders und hätte ihn am liebsten auf der Stelle umgebracht. „Okay. Lass uns in aller Ruhe überlegen."

Moritz warf ihm einen skeptischen Blick zu. Offenbar schien ihm dieser rasche Sinneswandel suspekt. „Wenn du denkst, dass du mich auskoffern kannst, irrst du dich."

„Besorg' uns einen Wagen. Dann mach' ich's", sagte Enders und erschrak über sich.

„Okay. Wir beide schließen draußen einen kurz."

„Das muss fachmännisch gemacht werden. Wenn nicht, würden es die Grenzer spitz kriegen."

„Das lass mal meine Sorge sein."

Von hinten überholte sie die schwarze Limousine des Filmregisseurs. „Diesen Idioten kutschieren sie durch die Gegend", rief Moritz, „blasen ihm Zucker in den Arsch."

Der Wagen hielt wenige Meter hinter ihnen. Der berühmte Filmregisseur stieg aus und wurde von seinem Fahrer an die Haustür begleitet.

„Wie geht's jetzt weiter?" fragte Moritz.

„Besorg' einen Wagen, dann bin ich bereit, es zu versuchen", sagte Enders zögernd.

„Bereit, es zu versuchen!" rief Moritz und spuckte in den Schnee. „Bereit, es zu versuchen. Klasse."

Enders platzte der Kragen. „Ich hab' keine Lust, in den Knast zu wandern oder mich mit Hanna und

Tommy erschießen zu lassen. Wenn wir Gabi hier rein zu schmuggeln versuchen, ist das ein Vabanquespiel. Du willst doch bestimmt auch nicht in den Knast oder tot sein, wie? Willst du in den Knast oder tot sein? Ja?!"

„Okay, dann komm' ich eben allein mit", sagte Moritz.

DER KELLER

Hanna erschrak, als sie Moritz im Arbeitszimmer entdeckte. „Noch hier? Bei dieser Kälte?" fragte sie spitz. Sie hatte sich ihm gegenüber schon seit längerem einen hochmütigen Ton angewöhnt. Offenbar sollte er endlich kapieren, dass sie sich von seiner Arroganz nicht mehr einschüchtern ließ.
„Was dagegen?" fragte Moritz in seiner selbstsicheren Art.
„Wird deine liebe Gabi nicht Sehnsucht nach dir haben?"
„Schon möglich."
Sie warf Enders einen fragenden Blick zu.
„Sag' ihr schon, was los ist", forderte Moritz ihn auf.
„Hast du es dir auch wirklich gründlich überlegt?" fragte Enders zögernd.
„Es bleibt mir ja gar nichts anderes übrig. Ihr zwingt mich ja dazu."
„Wir zwingen dich zu gar nichts. Es ist einzig und allein deine Entscheidung", brauste Enders auf.
„Okay, okay." Moritz hob abwehrend die Hände.
„Könnt ihr mir vielleicht sagen, was gespielt wird?" fragte Hanna irritiert.
„Er will mit", sagte Enders und starrte auf den Boden.
„Mit?" fragte Hanna ungläubig. „Was heißt das?"

„Dass er alles weiß und mit uns mit will."
„Und euch wie eine Zecke im Nacken sitzt."
Hanna schaltete sofort. „Du willst deine geliebte Gabi im Stich lassen?" fragte sie mit gespieltem Erstaunen. "Was wirst du denn ohne sie machen?"
„Das lass mal meine Sorge sein."
„Ist Tommy im Bett?" fragte Enders.
„Ja, schläft."
Hanna fixierte immer noch Moritz.
Enders schlich zur Tür und lauschte. Stille. „Ich geh' jetzt mal in den Keller. Da ist ein Fenster, durch das wir die leergeräumte Villa besser beobachten könnten. Ich hab' es erst vorhin entdeckt."
„Ich komm' mit", sagte Moritz misstrauisch.
„Ich auch", sagte Hanna.
Auf der Kellertreppe war es zugiger als im Foyer. Die wergumwickelten Rohre wirkten in der muffigen Dunkelheit gespenstisch. Enders streckte seine Hand nach dem Treppengeländer aus, da die Stufen glatt zu sein schienen.
Aus einer der hinteren Ecken summte es dumpf.
„Hier", flüsterte er und bog um eine der Ecken.
Einige Rohre im hinteren Bereich knackten wieder.
Hanna bewegte sich mit schützend vorgestreckten Händen. Durch die vergitterten Kellerfenster, die zur Straße lagen, drang das kalkweiße Licht der Mauerscheinwerfer.

Enders öffnete eine unverschlossene Lattentür.
„Hier links müsste es sein."
An der Wand rechts lehnten zwei längs gestellte Leitern, von denen sie eine für die Flucht verwenden wollten.
Draußen heulte das Motorgeräusch eines Jeeps auf und erstarb. Türen klappten. Der Jeep stand direkt vor der Mauer. Wegen der Eisblumen sah Enders nur die Umrisse. Moritz ging näher heran.
„Bringen Sie es in den Flur", sagte eine Eunuchenstimme.
„Jawoll."
Schnee knirschte.
Die Umrisse der Grenzer huschten über das Kellerfenster.
„Guten Abend, die Herren", hörten sie Gönner sagen.
„Guten Abend, Herr Gönner", kiekste die Eunuchenstimme.
„Sie kennen mich?"
„Vom Fernsehen. Die Schachsendung. Hab' ich immer gern gesehen. Schade, dass sie jetzt vorbei ist."
„Alles hat einmal ein Ende", sagte Gönner jovial.
„Dürfte ich eine Bitte äußern, Genosse Gönner?"
„Natürlich. Nur zu."
„Könnte ich ein Autogramm von Ihnen bekommen?"

„Im Augenblick hab' ich kein Foto bei mir. Aber ich könnte es morgen im Wachhäuschen abgeben."
„Befehl ausgeführt, Herr Oberleutnant."
„Gut, gut. Wegtreten. – Schön wäre mit Widmung. Für Heinz Günther Falbenheit. Günther mit th bitte."
„Gern", sagte Gönner. „Was passiert eigentlich mit der Villa da drüben?"
„Grenzangelegenheiten. Was danach wird... keine Ahnung."
„Dann ist dieser Abschnitt ja um einiges sicherer", sagte Gönner. „Also dann. Schönen Abend noch. Und passen Sie gut auf."
Die Eunuchenstimme lachte. „Worauf Sie sich verlassen können."
Wusste Gönner doch Bescheid? War das ein Hinweis?
Enders sah auf die Uhr. Sieben nach Acht. Er tastete sich zu dem Fenster hinter dem Mauervorsprung. Zu seiner Enttäuschung wanden sich um den Rahmen faustdicke Eisschichten. Auch um die Scharniere und den Fenstergriff. Sie abzuklopfen, würde einen Höllenlärm verursachen. „Sinnlos", sagte Enders. „Es geht nur von der Garage." Er wandte sich an Moritz. „Die erste Wache übernimmst du. Ich löse dich nach einer Stunde ab. Hanna beobachtet in der Zwischenzeit die Patrouillen von oben

und bleibt in der Nähe von Tommy, um ihn zu beruhigen, falls er aufwachen sollte. Ich koche uns Tee und behalte Schaber, den Dirigenten und – falls er kommen sollte – Koschwitz im Auge."
„Nein, nein, ich bleib' lieber an deiner Seite", sagte Moritz skeptisch.
„Ich falle oben nicht auf. Aber du, wenn du um diese Zeit noch hier bist."
„Und woher weiß ich, dass ich Dir noch trauen kann, bei allem, was passiert ist?!"
„Du könntest jeder Zeit Rabatz schlagen."
„Und wenn gerade keine Grenzer in der Nähe sind?"
„Was für einen netten Freund du hast", empörte sich Hanna.
„Es hat keinen Sinn, sich zu streiten, Hanna."
„Das macht mir nichts aus", entgegnete Moritz. „Deine liebe Frau hat mich seit unserer ersten Begegnung gehasst."
„Schluss jetzt!"
Wieder knackten einige Rohre bedrohlich. Hanna hielt sich die behandschuhten Hände an die Ohren, Moritz rieb sich die Nase, und Enders knetete seine Finger, die von der Kälte steif geworden waren.
Hanna versuchte, sich an der Wand abzustützen, doch sie sackte zusammen und fiel auf den schmutzigen Boden.

„Hanna", rief Enders erschrocken, beugte sich über sie und tätschelte ihre Wangen.

„Wahrscheinlich der Kreislauf", sagte Moritz, der von einem Krankenhausaufenthalt wusste, dass man in so einem Fall die Beine hoch legen sollte.

Doch Hanna öffnete bereits wieder die Augen.

„Kannst du aufstehen?" fragte Enders und schob ihr vorsichtig die Hand unter den Kopf. „Schmerzen?"

„Nein."

Enders half ihr beim Aufstehen. „Wir bringen dich nach oben."

Hanna hatte die Hand auf seinen Unterarm gestützt. Der Gang war so eng, dass sie kaum nebeneinander gehen konnten. Der muffige Geruch malträtierte ihre Bronchien. Hanna presste sich die Hand auf den Mund.

Hinter ihnen ging Moritz. – Würde er tatsächlich ohne Gabi flüchten? Sich einfach so davon stehlen? Als sie die Tür zum Foyer erreichten, hörten sie Schritte auf der Treppe und drückten sich gegen die Wand.

„Wahrscheinlich Schaber", flüsterte Enders und öffnet die Tür einen Spalt breit.

Tatsächlich! Schaber sah sich wie immer neugierig um, ging an Gönners Büro vorbei, blieb vor dem Sicherungskasten stehen und betrachtete das Schloss. Schließlich kam er auf die Kellertür zu.

„Mach was. Wenn er uns hier sieht...", zischte Moritz.

Enders dachte fieberhaft nach. Dann öffnete er die Tür und hob erstaunt die Augenbrauen. „Sie?" fragte er.

Schaber starrte ihn überrascht an. „Haben Sie etwa die Rohre kontrolliert?"

„Die Rohre kontrolliert, ja."

„Und?"

„Soweit alles noch in Ordnung."

„Das ist ja beruhigend. Kann ich mir den Gang sparen."

Schaber hatte die Ohrenklappen der Pelzmütze unter dem Kinn zusammengebunden und den Kragen der Jacke hoch geschlagen. Auf seiner Brust hing ein Feldstecher.

„Wieder unterwegs?" fragte Enders. „Mit einem Feldstecher? In dieser Gegend?"

„Ich bin ein Spanner, aber sagen Sie's nicht weiter", lachte Schaber.

„Ach!"

„In dem eisigen Zimmer hält man's ohne Bewegung kaum aus. Da hilft auch der Ofen von Gönner nichts. Bin gespannt, ob ich überhaupt in den Schlaf komme."

„In diesem Falle könnte ich Ihnen mit Tabletten aushelfen."

„Nein, nein, keine Tabletten. Ich bin ein Feind von Tabletten."

Enders wies auf den Feldstecher. „Den sollten Sie lieber verstecken. Das könnte hier missverstanden werden."

„Wenn Sie meinen", grinste Schaber und schob das Fernglas unter den Mantel.

„Können Sie denn mit dem Ding in der Dunkelheit überhaupt sehen?" rief Enders ihm nach.

„Keine Sorge."

Als die Haustür ins Schloss fiel, lief Enders in die Küche und beobachtete, wie sich Schaber in Richtung des Schubertschen Hauses bewegte. In der Nähe der leergeräumten Villa blieb er stehen und lauschte. Dabei neigte er den Kopf zur Seite. Dann sah er sich um und richtete das Fernglas auf die leergeräumte Villa. Schließlich schob er ihn wieder unter den Mantel und schlenderte auf die Quermauer am Ende der Straße zu.

Enders lief zur Kellertür und teilte Hanna und Moritz seine Beobachtungen mit. Ihm war unklar, was er von Schaber halten sollte.

„Wenn er von der *Firma* wäre", wandte Moritz ein, „warum läuft er dann mit einem Feldstecher durch die Gegend? Will in den Keller? Warum schaut er sich den Sicherungskasten an und beobachtet die leergeräumte Villa? Wenn er von der *Firma* ist, wüsste er doch über alle Aktivitäten Bescheid. Außerdem: warum sollten sie so lange warten, um zuzuschnappen? Für eine geplante Flucht hätten sie genügend Beweise: dein verkauftes Auto, dein leergeräumtes Konto – du hast es doch leergeräumt? Nein, mein Lieber, ich glaub', dass er dasselbe vorhat wie wir."

„Dein Freund ist gar nicht so dumm", sagte Hanna. „Warum sollte dir die *Firma* misstrauen, wenn sie dich als Mitarbeiter werben will? Das wäre doch schizophren."

„Wir müssen es darauf ankommen lassen", sagte Moritz. „Wenn er mit will, nehmen wir ihn mit."

„Ich trau ihm trotzdem nicht", sagte Enders. „Er wirkt in allem so sicher, als ob er gar kein Schuldbewusstsein hätte."

Hanna lehnte sich an die Wand und schloss die Augen. Sie fühlte sich schon wieder schwach und schwindelig. Enders legte ihr den Arm um die Schulter und brachte sie auf ihr Zimmer. Er half ihr, sich aufs Sofa zu legen, auf dem Tommy in mehrere Decken eingerollt schlief. Durch die beiden Elektroöfen war es leidlich warm.

„Bist du etwa schwanger?", fragte Enders ängstlich.

„Darüber mach' dir mal keine Gedanken", sagte Hanna.

DER SICHERUNGSKASTEN

Schwanger, dachte Enders, als er benommen die Treppe hinunter lief. Auch das noch! Sie sagte es ihm nur nicht, weil sie ihn nicht noch mehr belasten wollte.

Moritz wartete im Foyer.

Enders' Blick fiel auf den Sicherungskasten. „Mist, dass das Ding abgeschlossen ist. Wenn wir die Sicherungen raus drehen könnten, wären wir auf der sicheren Seite."

„Das lässt sich vielleicht machen", sagte Moritz und betrachtete das Schloss. „Mit nem Draht."

„Mit nem Draht?"

„Und Hammer."

Enders erinnerte sich, dass Moritz vor seiner Zeit in Poswick ein Jahr mit ehemaligen Knastbrüdern in einem Stahlwerk gearbeitet und über seine damalige Brigade einen Film gedreht hatte, der vor einem Jahr als Vorfilm in den Kinos gelaufen war.

„Vielleicht in der Garage", sagte Enders.

Dort fanden sie nach längerem Suchen tatsächlich eine verstaubte Werkzeugkiste mit mehreren Drähten unterschiedlicher Dicke, Holz- und Metallschrauben, Werg, verschiedene Hämmer und Zangen.

„Na, also", grinste Moritz, entschied sich für einen Draht mittlerer Stärke und steckte sich zusätzlich einen dünneren und noch dickeren in die Jackentasche. Außerdem eine Flachzange und einen Hammer.

Vor dem Sicherungskasten bog er sich den Draht zurecht. An der Biegung plättete er ihn mit präzisen Hammerschlägen ab. „Müsste gehen", sagte er. „Einfache Mechanik. Wir haben uns damals einen Sport daraus gemacht, jedes Schloss zu knacken."

Enders stand seitwärts, um die Tür im Auge zu behalten.

Moritz' Hände bewegten sich geschmeidig. Mitunter presste er sein Ohr an das Schloss. „Ich bin schon dran", flüsterte er. Es klackte. „Zu stramm. Der Draht ist zu schwach." Er fischte den dickeren aus der Jacke und präparierte ihn ebenfalls. Das Klopfen hallte lauter als zuvor.

„Kannst du das nicht leiser machen? Ich möchte nicht, dass Tommy aufwacht."

„Nein."

„Dann geh wenigstens auf die Kellertreppe."

Vom Keller hörte man das Hämmern nur gedämpft. Wenig später schob Moritz den neu präparierten Draht ins Schloss und horchte auf das Schließgeräusch. Es klackte zweimal kurz hintereinander, und die Tür sprang auf.

„Das ist ja Wahnsinn, Mensch!" flüsterte Enders, klopfte Moritz auf die Schulter und beugte sich vor,

um die Beschriftungen an den Sicherungen zu lesen: Keller, Untere Etage, Bücherzimmer. Mit Bücherzimmer war Gönners Arbeitszimmer gemeint.
„Wir probieren's gleich mal aus", sagte Enders und schraubte die Sicherung für das Foyer heraus. Das Licht erlosch. Er schraubte die Sicherung wieder ein und lehnte die Tür des Sicherungskastens so eng an, dass das Schloss aus der Entfernung wie geschlossen aussah. Danach schob er den Hammer in die Innentasche seines Parkas.
„Was willst du denn mit dem Hammer?" fragte Moritz und sah Enders mit einem ängstlichen Blick an.
„Man kann nie wissen. Wir können ihn doch hier nicht herumliegen lassen."
„Mach' keinen Blödsinn."
„Komm in die Garage", sagte Enders.
„Ist doch niemand in der Villa", murrte Moritz. „Kein Licht. Nichts."
„Und wenn sie im Dunklen hocken? Der neue Weg hinterm Haus ist vom Zimmer aus nicht einzusehen. Nur von der Garage."
Moritz presste die Lippen zusammen. „Okay, geh du vor", sagte er misstrauisch.
In der Garage roch es nach Schmiere und Benzin. Enders schaltete das Licht an und entriegelte die Tür zur Straße. Für die Beobachtung war nur ein

Spalt erforderlich. Durch ihn sah man deutlich ein kleines Areal vor dem Eingang, der von der linken Laterne vor dem Schuberthaus beleuchtet wurde. Der Drahtaufsatz warf Schatten auf das Haus auf der anderen Seite der Mauer, in dem kein Licht mehr brannte. Die Stille wirkte gefährlich.

„Wir lösen dich in einer Stunde ab. Inzwischen koch' ich uns Tee."

„Tee steht mir bis hier", sagte Moritz und hielt sich die flache Hand unters Kinn. „Tu mir wenigstens einen Kognak rein."

„Kein Alkohol!"

„Das sagst ausgerechnet du?!"

„Bis nachher."

Enders ging in die Küche, um Wasser aufzusetzen und lauschte auf die Stille im Haus. – Wo mochte Schaber jetzt sein? Was führte er wirklich im Schilde? Enders betrachtete Gönners Kaffeebüchse mit den aufgedruckten Lebkuchen, die Westkaffee enthielt. Daneben standen mehrere Päckchen Tee mit unterschiedlichen russischen Teesorten, die die Prokuleit von ihrem letztem Film *Berge der Zukunft* mitgebracht hatte. Entfernt hörte er Motorgeräusch und lief ans Fenster. An den unteren Kassetten war noch ein schmaler Streifen aufgetaut.

Der Wagen stoppte vor dem Eingang. Rosi! – Die hatte ihm gerade noch gefehlt!

EINE GEFÄHRLICHE ENTSCHEIDUNG

Rosi war mit ihrer Recherche früher fertig geworden als sie dachte. „Ein Tee kommt mir jetzt gerade recht", rief sie und hielt die Hände an den Herd. „Diese Kälte! Im Glühlampenwerk stehen die Taktstraßen still. Ich hab' einige Einstellungen davon gedreht. Man kann ja nie wissen, wozu man sie braucht."
„Bist du an der Schranke kontrolliert worden?"
„Nein. Warum?"
„Weil heute irgendwas los gewesen sein muss. Sie haben sogar Gönner gefilzt."
„Ach, wirklich?" Rosi lachte. „Geschieht ihm ganz recht."
Enders stellte ihr eine Tasse Tee auf den Küchentisch.
„In meiner Kiste zieht es mörderisch", sagte Rosi, als sie sich setzte. „An der Tür ist ein Gummi porös. Ich hab' schon in allen möglichen Werkstätten nachgefragt. Nichts. Meine einzige Rettung ist Krassberg. – Hast du mit der Scheberkahn einen neuen Termin gemacht?"
„Nächste Woche."
„Eigentlich ist das Haus gar nicht mehr bewohnbar."

„Könnte sein, dass wir schon nach dem Wochenende umziehen müssen. Die Rohre knacken schon bedrohlich."

Rosi trank vorsichtig einen Schluck. „Schade. So eine schöne Villa kriegen wir nie wieder. Den kleinen Park. Allein im Sommer... der Dachgarten. Dagegen die Kästen in der Hauptstadt, ohne Grün, ohne Vogelgezwitscher. Die muffigen Schneideräume und die enge Kantine. – Geht es dir nicht gut?"

„Angina. – Noch Tee?" Enders überlegte, wie er Rosi am schnellsten los werden könnte. „Wäre es nicht besser, das Material und die Kamera in der Hauptstelle abzuliefern?"

„Koschwitz braucht morgen eine zweite Kamera. Ich hab' mit ihm abgesprochen, dass er sie hier abholen kann. – Ist Hanna oben?"

„Ein bisschen erschöpft. Der Praktikant macht ihr zu schaffen."

„Dann grüß sie von mir", sagte Rosi und ging, um den Wagen zu entladen.

Moritz stürmte in die Küche. „Das ist die Chance", rief er.

„Warum bist du nicht auf deinem Posten?!" zischte Enders wütend.

„Hör bloß mit deinen scheiß Bevormundungen auf. Es ist die Chance, Gabi rein zu schmuggeln."

Sie starrten sich an.

„Und wenn sie nicht mitmacht?"
„Setzen wir sie fest."
„Festsetzen? Wie stellst du dir denn das vor?"
„Fesseln. Was man eben so macht. Dann fällt kein Verdacht auf sie."
„Das bringt unseren Plan völlig durcheinander. Ich weiß gar nicht…"
„Komm, komm. Nicht schon wieder Ausreden! Ich hab' selbst gehört, dass die Wachen lax kontrollieren. Gabi rollt sich zusammen. Vorn decken wir sie mit Filmbüchsen ab, wie wir's damals geplant haben."
„Und wenn es schief geht, sind wir alle erledigt. Ohne Gabi hätten wir vielleicht eine Chance, es zu schaffen. Mit ihr steht es 80 zu 20. Wenn überhaupt."
„Entweder mit Gabi oder gar nicht."
„Ich kann das nicht verantworten", sagte Enders erschöpft. „Ich steige aus."
„Glaubst du wirklich, dass du so einfach davon kommst? Dir bleibt ja gar nichts anderes übrig, als heute oder spätestens morgen die Flatter zu machen. Wenn nicht, steckst du bis zum Hals in der Scheiße. Vielleicht kommt die Schott ja mit, wenn wir ihr die Einmaligkeit der Chance verklickern."
Moritz schob sich dicht an Enders heran, so dass er seinen Alkoholatem roch. Sein kleineres Auge blin-

zelte. Seine Lippen zuckten. Er schien zu allem entschlossen zu sein. „Hör zu, ich verstehe, dass du allein gehen wolltest, um Hanna und Tommy zu schützen. Das ist menschlich. Schwamm drüber, wenn du dich jetzt als wirklicher Freund erweist und mich nicht im Stich lässt. Wenn ich Gabi hier lasse, wer weiß, was aus ihr wird, was sie sich antut, was ihr alles einfällt. Wahrscheinlich wird sie mir das nie verzeihen." Moritz ging an den Schrank und nahm die Schnapsflasche heraus, um erneut einen Schluck zu trinken und stellte sie wieder zurück. „Das Schicksal hat entschieden, jetzt müssen wir handeln."

Wie ein Schemen erschien Schaber in der Tür. Er rieb sich die Wangen und schnaufte. Der Feldstecher baumelte vor seiner Brust. Seine Nase ragte rot aus dem Gesicht. „Diese Kälte! Unglaublich."

„Was Besonderes entdeckt?" fragte Enders und bemühte sich, so normal wie möglich zu wirken.

„Ein paar Hasen und Rehe." Schaber grinste.

„Keine nackten Frauen? Sexszenen?"

„Heute glücklos", lachte Schaber. „Ich bräuchte jetzt auch dringend was Warmes. Wäre das möglich?"

„Tee?"

„Großartig." Schabers Blick fiel auf Moritz. „Und wer sind Sie?"

„Moritz Schiffke", stellte Enders vor.

„Von *dem* Schiffke?"

„Wenn man Sie mit dem Fernglas sieht, könnte man meinen, dass Sie bestimmte Ambitionen haben", sagte Moritz.

„Ambitionen? Meinen Sie Fluchtabsichten?" fragte Schaber mit gespieltem Erstaunen.

„Zum Beispiel."

„Das soll wohl ein Witz sein?!" Schaber trank vorsichtig seinen Tee. „Fantastisches Aroma."

„Wir müssen hoch", sagte Enders zu Moritz, da er sich auf keine weitere Diskussion einlassen wollte. „Arbeiten."

„Am Freitag und um diese Zeit?" fragte Schaber mit ironischem Unterton. „Ein Hoch auf die Helden der Arbeit." Er hob seine Tasse und durchquerte die Küche. „Also dann, Gentlemen. Noch einen vergnüglichen Abend und eine fröhliche Eiszeit. Vor allem: viel Spaß bei der Arbeit." An der Tür drehte er sich um: „Gibt's hier irgendwo ein überflüssiges Radio?"

„Nicht dass ich wüsste", sagte Enders.

„Dann werden wir uns eben allein unterhalten", sagte Schaber und pfiff einen ausländischen Schlager.

„Also, was ist?" insistierte Moritz. „Wenn sie wieder abhaut…"

Enders war klar, dass Moritz ihre Flucht mit allen Mitteln zu verhindern versuchen würde, wenn er sich nicht auf ihn einließ. Deshalb sagte er: „Okay, gehen wir nach oben. Das Beste wird sein, wenn Hanna mit ihr redet."
„Wieso Hanna? Sie ist doch deine Assistentin. Auf dich wird sie viel eher hören als auf sie."
„Mit Hanna ist sie befreundet. Außerdem ist sie in dieser Beziehung geschickter als ich."
Hanna schlief noch. Sie hatte sich die Decke über den Kopf gezogen. Tommy lag mit seinem Gesicht an ihrer Schulter. Seine Wangen schimmerten rosig.
Moritz musste weg. Wie Schaber, wenn es brenzlig werden sollte!
Enders bemühte sich, Hanna so sanft wie möglich zu wecken. Sie schreckte dennoch auf und starrte ihn mit geröteten Augen an. „Was ist?" flüsterte sie. Ihre Stimme klang heiser.
„Du musst mit Rosi reden", sagte Enders und erzählte ihr, was vorgefallen war.
„Das ist ja Wahnsinn" flüsterte Hanna. „Das wirft doch alles über den Haufen."
„Was soll ich denn machen, Hanna? Du kennst doch Moritz. Er wird keine Ruhe geben."
„Und wenn Rosi nicht mitmacht?"
„Will er sie fesseln, knebeln und so weiter."

Um Tommy nicht zu wecken, zog Enders Hanna in sein Zimmer. „Sie hat doch eine Schwester drüben. Du musst ihr klar machen, dass so eine Chance nie wieder kommt."

Hanna schüttelte den Kopf. „Sie weiß, dass ich mich hier wohl fühle und hält dich für einen Hundertfünfzigprozentigen. Wie soll sie denn diese Wandlung auf die Reihe kriegen?!"

„Dann müssen wir sie eben fesseln."

„Spinnst du?"

„Hast du einen anderen Vorschlag?"

„Und wenn sie dich erwischen? Was wird dann aus Tommy und mir?"

„Mach' es mir doch nicht noch schwerer, als es ist, Hanna.

„Ach! Jetzt bin ich auch noch schuld, wie?"

„Mir fällt mit Sicherheit was ein. Aber zum Schein müssen wir erst mal mitmachen."

„Wahrscheinlich willst du mal wieder den Helden vor Gabi spielen?"

„Wann hab' ich denn vor ihr den Helden gespielt?"

„Ich werde Rosi sagen, dass sie so schnell wie möglich verduften soll."

„Dann wird Moritz vermuten, dass wir dahinter stecken und Alarm schlagen."

„Er hängt doch selbst mit drin."

„Nicht, wenn er angibt, dass er unsere Flucht verhindern wollte."

„Ich hab' von Anfang an geahnt, dass dieser Typ uns Unglück bringt. – Das ist das Ende."

„Das Ende ist erst das Ende, wenn es das Ende ist", sagte Enders.

„Ich kann jetzt nicht mit Rosi reden."

„Du musst, Hanna. Du bist die Einzige, von der sie sich breit schlagen lässt."

„Ich hätte nie geglaubt, dass unser Leben mal so hässlich werden würde." Hanna stand auf, zog sich den Mantel an und band sich einen Schal um. „Gut, ich versuch' mein Bestes. Obwohl ich dagegen bin."

Enders schloss die Augen und wurde von einer dunklen Schwere durchflutet.

„Wo ist sie jetzt?" fragte Hanna.

„Im Schneideraum."

„Und Moritz?"

„In der Küche. Passt auf, dass sie nicht abhaut."

„Schaber?"

„Oben. Er hat vorhin noch Tee mit uns getrunken."

ROSI MACHT'S

Moritz und Enders saßen im Arbeitszimmer und warteten auf Hanna.
Moritz betrachtete die Mauer und die Lichter, die die verschneiten Bäume beleuchteten.
Enders beugte sich vor und spürte den Hammer in der Tasche. *Du bräuchtest nur zuzuschlagen*, sagte seine innere Stimme, *und die meisten deiner Probleme wären gelöst.* Enders erschrak über diesen Gedanken. Ihm schossen die gemeinsamen Leseabende, Sauftouren, das Laientheater, das sie zusammen in Poswick aufgebaut hatten, durch den Kopf. *Sentimentalität kannst du dir in dieser Situation nicht leisten*, sagte seine innere Stimme. *Du musst an Tommy und Hanna denken!*
Enders streckte die Füße zum Ofen. Die Wärme fraß sich durch die dünnen Sohlen der Stiefeletten und durchwärmte ihn angenehm. „Irgendwas zu sehen?" fragte er, wobei sein Blick auf Moritz' Nacken fiel, der von dichtem Haarwuchs überwuchert war.
„Nichts."
Kurz darauf tastete sich der Scheinwerfer eines Autos über das Fenster und beleuchtete einen Moment den Juden auf dem Poster. Der Fischkopf zeigte gen Westen. Danach versackte das Zimmer wieder im Dunkel.

„Scheiß Pappe", sagte Moritz. „Da zieht die meiste Kälte rein."

Enders dachte an Hanna und Rosi. Würde sie ihr Auto zur Verfügung stellen? Unterwegs musste er versuchen, Moritz los zu werden. Ihm fiel der schmale Weg in den Wald hinter der Straßenbahnhaltestelle ein. Dort konnte er ihn problemlos unschädlich machen. Die Wodkaflasche auf den Schädel und aus. Dann hätte er wahrscheinlich nur eine Gehirnerschütterung und wäre betäubt. Außerdem wäre er aus dem Haus.

„Sie reden verdammt lange", hörte er Moritz sagen. „Ich werde unten warten, falls die Schott abzuhauen versucht."

„Okay, gehen wir nach unten", sagte Enders und prallte an der Tür mit Hanna zusammen. „Sie macht es. Will aber nicht mit."

„Nicht mit?" fragte Enders erstaunt. „Wieso nicht?"

„Kommt ihr zu plötzlich. Außerdem kann sie ihre kranke Mutter nicht Stich lassen und will unbedingt ihren Film machen."

„Das ist ihre Sache", sagte Moritz. „Hauptsache, sie stellt uns ihre Karre zur Verfügung."

„Du kapierst überhaupt nichts", sagte Hanna wütend.

„Hört auf!"

„Er stürzt uns wahrscheinlich alle ins Unglück und riskiert die große Lippe", zischte Hanna.

„Du hast immer noch nicht kapiert, dass alles von mir abhängt. Ganz allein von mir", sagte Moritz grinsend.

„Du hältst auch die Klappe", sagte Enders zu Moritz.

„Und wie stellst du dir das vor?" fragte Hanna.

„Wir müssen die Wachen ermüden."

„Und wie willst du das machen?"

„Du fährst mit Rosi und den Filmbüchsen einige Male hin und her. Ihr sagt, dass ihr das Material wegen der Kälte in der Hauptstelle lagern müsst. Das erste Mal werden sie euch noch filzen, danach wahrscheinlich nicht mehr. Und genau das ist unsere Chance."

„Wie wir's damals besprochen haben", sagte Moritz.

„Und wieso soll ausgerechnet ich mit Rosi fahren?" fragte Hanna.

„Weil Rosi dann nicht in Versuchung gerät abzuhauen."

„Ebenso könnte doch auch er", sagte Hanna und wies mit dem Kopf auf Moritz. „Ich möchte bei Tommy bleiben."

„Damit ihr ohne mich abhauen könnt?! – Nee, nee, kommt überhaupt nicht in Frage."

DER TEST

Rosi wartete vor der Tür des Schneideraums und musterte Enders. Er sah ihr an, dass sie noch immer nicht glauben konnte, was sie von Hanna gehört hatte. Rosi war in ihn verschossen, doch er tat immer so, als ob er es nicht merke. Sie hatte volles kastanienbraunes Haar und große braune Augen, die immer ein wenig erstaunt wirkten, als ob sie nicht ganz verstanden hätte, was man ihr sagte. Doch sie hatte sehr wohl verstanden und organisierte alles rasch und vorbildlich.

„Das Beste ist, du fragst jetzt nichts, Rosi", sagte Enders und erklärte ihr den Plan. „Dir kann gar nichts passieren, wenn du sagst, dass wir dich mit einer Waffe bedroht haben. Außerdem bist du bei der Hauptsache gar nicht dabei."

„Ich versteh' das überhaupt nicht", hauchte sie. „Dass ausgerechnet du… ich dachte immer…" Sie schüttelte den Kopf. „Nein."

„Es tut mir leid, dass wir dich in diese Sache mit reinziehen müssen, Rosi. Aber es bleibt mir gar nichts anderes übrig, glaub' mir."

„Diese scheiß *Firma*. Was mach' ich nur ohne dich?"

„Du schaffst den Film auch allein. Das Drehbuch ist ja fertig. Und gut."

„Mensch, Mensch. Ich weiß nicht…"
„Es kann dir gar nichts passieren. Wenn du willst, fesseln wir dich noch…"
„Bloß nicht. Das ist ja alles krank."
Rosi lief ins Foyer und bugsierte einige Filmbüchsen und die beiden Kameras wieder in den Kofferraum ihres *Wartburg*. Dann setzten sich die beiden Frauen in Bewegung.
Hanna warf Enders einen verzweifelten Blick zu. „Pass auf Tommy auf."
Die beiden Frauen fuhren ab.
„Das hätten wir", sagte Moritz.
Im Westhaus ging das Licht im Badezimmer aus.
„Ich werf' mal einen Blick auf die leergeräumte Villa", sagte Enders.
Der Wintergarten der Schubert war ebenfalls dunkel, so dass sie den Patrouillenweg nicht einsehen konnten.
„Da ist gar nichts", flüsterte Moritz.
Der Himmel war bedeckt. Hoffentlich schneite es nicht wieder! „Lass uns Posten beziehen", sagte Enders und bemerkte Schabers Schatten am Küchenfenster.

ROSI WILL MIT

Nach dreimaligem Hin- und Herfahren war genau das eingetreten, was Enders voraus gesagt hatte. Die Grenzer öffneten ohne Kontrolle den Schlagbaum. Außerdem schob sein ehemaliger Schüler Hanslick Dienst, der ihn nur selten kontrollierte.
Enders hatte die Wodkaflasche in einer Innentasche des Parkas verstaut, um Moritz im Seitenweg auszuschalten.
„Na, dann gib mir mal den Schlüssel", forderte Enders Rosi auf.
„Ich komm' mit", sagte sie.
„Es ist besser, wenn du hier bleibst. Du könntest dann behaupten..."
„Nein. Ich will mit."
Enders fragte sich, ob sie mit Hanna einen Plan ausgeheckt hatte. „Wieso willst du denn mit?" fragte er wütend.
„Der Wagen hat in letzter Zeit Aussetzer. Wenn irgendwas passieren sollte, ist es besser, wenn ich als Fahrzeughalter dabei bin. Ich will nicht, dass der Wagen eingezogen wird. Wie steh' ich denn dann Montag da?"
„Was für Aussetzer?"
„Als wenn ein Ventil verstopft ist. Ich weiß ja auch nicht... bin kein Mechaniker."

Ein Hoffnungsschimmer schoss Enders durch den Kopf. Doch er sagte: „Das fehlte uns noch. – Okay, dann kommst du eben mit. Ich fahre."
Enders lief zu Hanna, die noch in der Eingangstür stand. Sie schlang ihre Arme um seinen Hals. Ihr Körper zitterte. „Pass auf dich auf, bitte, pass auf dich auf."
„Los! Abfahrt!" rief Moritz.
„Mach' dir keine Gedanken. Wenn ich in zwei Stunden nicht zurück sein sollte, müsst ihr es allein versuchen. Ihr müsst, verstanden? Versprich es mir."
„Wie soll ich denn die schwere Leiter die Treppen hoch hieven?"
Enders hätte dieses Monstrum schon längst im Park ablegen können. Nun war es zu spät. „Ich komm' ja wieder", sagte er hilflos. „Ich komm ganz bestimmt wieder."
Hanna sah ihn mit einem flehenden Blick an.
Du darfst jetzt nicht schlapp machen, befahl Enders innere Stimme. *Am besten, du machst beide im Seitenweg fertig. Erst ihn, dann Rosi. Sie wird sich vor Schreck nicht rühren können.*
Ungünstig war, dass Moritz im Fond und Rosi auf dem Beifahrersitz saß. Sie fuhren eine Weile schweigend durch die Dunkelheit. Die schneebedeckten Villen huschten am Fenster vorbei und

wirkten wie eine Märchenkulisse. Unter den Lichtkegeln der Laternen wirbelten winzige Flocken.
Moritz beugte sich vor und hielt Enders ein Messer an den Hals. „Es hat keinen Sinn, dass du Zicken machst", zischte er. „Ich hab' jetzt nichts mehr zu verlieren. – Ist dir das auch klar?" schrie er Rosi an.
„Was soll die Schreierei?! rief Enders. „Was soll der Scheiß?!"
Er durfte jetzt keinen Fehler machen. Moritz musste ihm egal sein. Auch Gabi. Für einen Augenblick kam Eifersucht in ihm hoch, weil sie sich mit dem Kameltreiber Ajdin eingelassen hatte.
Der Zweitakter klopfte rhythmisch seinen Takt. Enders starrte auf die grün leuchtende Benzinanzeige. Noch genügend Sprit im Tank!
Kurz darauf bog er in die Abzweigung zum Schlagbaum ein. Er war wie immer beleuchtet. Am See strahlten die Scheinwerfer auf einen drei Meter hohen Drahtverhau, der gespenstisch wirkte. Im Westen leuchtete die Spitze des Umsetzers rot.
„Lockert euch. Weiß einer einen Witz?"
Schweigen.
„Erzähl was, Rosi. Irgendwas Lustiges."
„Erzähl du doch was." Rosis Stimme klang brüchig.
Enders fielen keine Witze ein. Er merkte sich auch keine. Moritz erzählte auch nie Witze.

Vor der angestrahlten Schranke bremste er vorsichtig ab. Er winkte Hanslick zu, der lächelnd aus dem Wachhäuschen kam.
„Noch Dienst, Dieter?" fragte Enders.
„Schon wieder, Herr Lehrer. Hab mich freiwillig gemeldet. Einige sind krank bei der Kälte."
„Fleißig, fleißig. Soll ich den Kofferraum öffnen? Wir müssen noch mal zwei Kameras ins Studio bringen, die morgen früh gebraucht werden und einige Filmbüchsen holen."
„Nein, schon in Ordnung, Herr Lehrer."
Hanslick kippte die Schranke hoch und salutierte. Seine Maschinenpistole blitzte im Scheinwerferlicht.
„Das ging ja wie geschmiert", rief Moritz. „Wenn es rein genauso geht…"

HOFFENTLICH KEIN KOLBENFRESSER

Eine halbe Stunde später fuhren sie im Schritttempo in Richtung Seestraße. Am Straßenrand türmten sich Schneeberge. Stellenweise blitzten Eisflächen im Licht der Laternen.

Obwohl sie Hanslick an der Schranke durchgewunken hatte, rumorte Angst in Enders. Die Situation konnte sich blitzschnell ändern, wenn Gabi keine Luft mehr bekam, husten musste oder durchdrehte, was bei ihrem augenblicklichen Zustand durchaus möglich war.

Hinter einem Schneevorhang entdeckte er schemenhaft den Turm der gotischen Bibliothek.

Aus den Augenwinkeln beobachtete er, wie sich Moritz ans Fenster beugte. – Nahm er bereits Abschied?

Ein dumpfer Schlag katapultierte sie ans Dach.

„So eine Scheiße!" schrie Enders.

„Reg' dich nicht auf. Das kann doch passieren", versuchte ihn Rosi zu beruhigen. „Bei dem Schnee kann man die Schlaglöcher doch gar nicht sehen."

„Wenn die Ölwanne was abgekriegt hat…" Enders fuhr vorsichtig an. Doch die Räder drehten durch, griffen aber wieder, als er durch rasches Vor- und

Zurückfahren den Wagen auf die Fahrbahn schaukelte.

„Hört ihr das auch?" fragte Rosi.

„Klingt nach Kolbenfresser", rief Enders und wünschte sich, dass der Wagen seinen Geist aufgeben würde.

Moritz saß stocksteif auf seinem Sitz.

„Sind wir bald da?" fragte Rosi.

„Gleich", sagte Enders, fuhr noch einige Meter im Schneckentempo und parkte den Wagen gegenüber dem Künstlerhaus, direkt vor Moritz' Gartentor.

„Gabi schläft wahrscheinlich", sagte Moritz, da kein Licht in seiner Wohnung brannte.

„Wir müssen uns beeilen. Keine langen Diskussionen."

„Ich bleib' im Auto", sagte Rosi.

„Ich auch."

„Kommt überhaupt nicht in Frage, du kommst mit", sagte Moritz zu Enders.

„Traust du mir etwa nicht?"

„Nein." Moritz beugte sich vor und verlangte den Autoschlüssel von Rosi. Dabei hielt er sein Messer in der Hand.

Die mörderischen Eiszapfen hingen noch immer von der Dachrinne. Irgendwo spielte jemand Klavier. Und vom See trippelte ein in einem Fallmantel verpackter alter Mann mit einem Hund herauf.

PACK DIE SACHEN, GABI

„Mach dich fertig", rief Moritz und knipste das Licht an, als sie das Zimmer betraten.
Gabi gähnte. „Was?" Sie starrte erst Moritz und dann Enders ungläubig an. „Also doch."
„Wir haben keine Zeit. Mach' schon", rief Moritz. „Keine Diskussionen." Sein Gesicht sah im Licht der Deckenlampe eingefallen und blass aus. Er stand am Schreibtisch neben dem Foto seines Vaters, das ihn mit dem Staatsratsvorsitzenden zeigte. „Los", sagte er und warf Gabi Pullover und Jeans zu. Danach ging er zum Schreibtisch und stopfte einige Papiere in eine schäbige Aktentasche aus dunkelbraunem Leder, die seinem Vater gehört hatte. „Pack auch deine Zeugnisse ein", rief er, wobei er einige Bücher von Sartre aufnahm, aber sofort wieder auf den Schreibtisch warf. „Unsinn. Das krieg' ich da ja drüben auch."
Gabis Haare hingen in fettigen Strähnen an den Schläfen herab. Enders erinnerte sich, wie sie sich nach einem Bad in der Dömnitz das lange blonde Haar gekämmt hatte. – Dieser braune nackte Körper! Diese erregenden langen Beine. Diese kleinen spitzen Brüste.
„Dreh dich um", forderte sie Enders auf und begann, sich anzukleiden.

Enders sah aus dem Fenster und beobachtete, wie Rosi die Motorhaube schloss. Seltsam! Er stellte sich vor, wie Hanslick Gabi im Kofferraum entdeckt und spürte, wie sich sein Magen schmerzhaft zusammenkrampfte.

„Gehen wir", sagte Moritz und nahm die Aktentasche auf.

„Jetzt ist alles überhastet. Wenn er uns früher Bescheid gesagt hätte…"

„Ruhe jetzt", rief Moritz.

Gabi warf einen wehmütigen Blick auf die Wohnung. Ihre Augen waren noch immer fiebrig gerötet. Sie wirkte abwesend, als ob sie nicht recht glauben konnte, was geschah.

Als sie die Straße betraten, schob sich ein Polizeiwagen in langsamem Tempo heran. Die Scheinwerfer erfassten Zäune und Häuserwände.

Gabi und Moritz setzten sich in den Fond von Rosis Wagen.

Rosi saß bereits auf dem Beifahrersitz und hatte, um sich abzulenken, Schlager gehört.

„Könntet ihr bitte diese scheiß Musik ausmachen", krächzte Gabi.

„Wieso? Das macht uns vielleicht locker", sagte Enders und startete, doch der Motor sprang nicht an. „Wir müssen schieben", sagte er. „Wahrscheinlich die Batterie. Kein Wunder bei der Kälte."

„Ich bin krank", rief Gabi.

„Ich auch", sagte Enders.

„Los, raus", befahl Moritz."

„Kann es die Batterie sein?" fragte Enders Rosi.

„Ich weiß nicht. Ich hab euch doch gesagt, dass irgendein Ventil verstopft ist."

„Scheiß Ventil", schrie Enders und war insgeheim froh.

„Vielleicht ist's ja nur eine Kleinigkeit, die in der Tankstelle behoben werden kann", meinte Moritz.

„Die nächste Tankstelle ist mindestens drei Kilometer entfernt", sagte Enders. „Wenn wir schieben, verlieren wir zu viel Zeit. Außerdem bei dem Schnee…"

„Lassen wir uns eben von einem Taxi schleppen", schlug Moritz vor.

„Und wie stellst du dir das vor in dieser Gegend? Keine Telefonzelle weit und breit." Auch für Enders war es umständlich, wieder ins Sperrgebiet zu kommen, wenn er kein Taxi in der Innenstadt erwischte, was um diese Uhrzeit wahrscheinlich war.

„Außerdem ist es verdammt kalt", sagte Rosi.

„So was Beschissenes", rief Moritz und sah sich um, als ob er ein Wunder erwarte.

„Die hat irgendwas gemacht, sag' ich dir", rief Gabi.

„Was soll ich denn gemacht haben?" kreischte Rosi. „Was?! Ich kenn' mich doch mit Autos überhaupt nicht aus."

„Ihr hättet sie nicht allein lassen dürfen."
Enders gab Rosi den Autoschlüssel zurück.
„Du willst doch jetzt nicht etwa abhauen?" fragte Moritz mit einer gefährlichen Schärfe in der Stimme. Er hielt wieder sein Messer in der Hand.
„Was soll ich denn sonst machen? Mich in den Schnee setzen oder was?"
Moritz hielt ihn am Ärmel fest. „Machado könnte uns schleppen. Es wäre schofelig von dir, wenn du uns jetzt hängen lässt."
„Wenn wir es morgen machen würden, gewinnen wir Zeit und haben einen besseren Überblick", sagte Enders.
„Und wir könnten vielleicht noch unser Geld..." rief Gabi.
„Halt du dich da raus", befahl Moritz. Er sah Enders drohend an: „Wenn du jetzt abhaust, geh ich sofort zur Polizei. Die nächste Station ist hier um die Ecke."

MACHADO

Machado bewohnte eine Bruchbude in der Straße der leuchtenden Zukunft, zweiter Stock, Hinterhof, in der Nähe des Jägertors. Oft funktionierte seine Klingel nicht. Dann musste der Besucher unverrichteter Dinge wieder abziehen. Mitunter konnte man ihn abends im Torcafé oder Wilden Ochsen treffen, wenn ihn sein Jagdtrieb tyrannisierte.
Diesmal funktionierte die Klingel. Inken öffnete nach einer Weile die Haustür, über der eine trübe gelbe Funzel brannte. Sie trug einen kackbraunen Rollkragenpullover, Jeansrock und Strickstrümpfe. Außerdem schwarze, mit weißer Farbe bekleckerte Kunstlederschlappen und eine ärmellose Strickjacke.
„Ihr? Um diese Zeit?" Offenbar ahnte sie nichts Gutes. „Gabriel hat den ganzen Tag geschuftet. Ich bitte euch, ihn in Ruhe zu lassen. Wenn er abends schon mal zu Hause ist…"
„Es ist dringend", sagte Moritz. „Nur er kann uns helfen. Später wird dir klar werden warum."
Inken musterte Moritz mit einem hasserfüllten Blick, drehte sich dann aber um und gab die Tür frei.
Im ebenso spärlich beleuchteten Hof huschte eine Ratte über die Mülltonnen.

„Eine Ratte!" kreischte Rosi.

„Ratten sind hier öfter. Irgendwo muss ein Nest sein", sagte Inken und wies auf den Boden. „Achtung, es ist glatt. Der Hausmeister ist ständig besoffen und streut nicht."

In einem der oberen Stockwerke schrie ein Kind. Die Flurwände waren mit obszönen Sprüchen beschmiert, und die Fenster glitzerten vereist. Irgendwo miaute eine Katze, die sich in ihrem Territorium bedroht zu fühlen schien.

Enders sah auf die Uhr. Er hatte über eine Stunde verloren! Hanna wird sich Sorgen machen, dachte er, war aber bemüht, sich von seiner Unruhe nichts anmerken zu lassen.

Machados Wohnung roch nach Kinderkacke und Sauerkraut. Im Flur lagen schmutzige Schuhe, ein Paar Krücken und verschiedenfarbige Wollknäuel herum. Durch den mannshohen Spiegel in pompösem Goldrahmen, den Machado durch Beziehungen aus dem Theaterfundus der Oper abgestaubt hatte, verlief ein Sprung. Einige Kleidungsstücke hingen an Garderobenhaken, andere lagen auf einem Korbstuhl. Die Kinder hatten bunte Papphütchen auf und krabbelten auf dem Boden herum. Sie waren Machados Augensterne und durften sich alles erlauben. Vor allem der Junge, der sein ganzer Stolz war. „Er sieht aus wie mir, stimmt's?" hatte er Enders öfter gefragt.

In einer Ecke des Wohnzimmers türmte sich schmutzige Wäsche. Machado lag auf dem Sofa und las die Biografie eines revolutionären Führers aus seinem Heimatland, mit dem er – wie er behauptete – gemeinsam im Urwald gegen die Unterdrücker gekämpft hatte.

Als er Moritz und Enders entdeckte, legte er das Buch bei Seite und richtete sich auf. Ihm war anzusehen, dass er nichts Gutes ahnte. „Ihr?" fragte er erstaunt und fuhr sich mit beiden Händen durch das graue, schüttere Haar.

Enders bemerkte seine Reiseschreibmaschine auf der Holzplatte, die Machado als Arbeitstisch diente und seine Decke über dem Sofa. – Von der Benutzung seiner Sachen war nie Rede gewesen!

„So spät? Was ist?" fragte Machado. Er wirkte träge und schwer, gähnte, ohne sich die Hand vor den Mund zu halten, so dass seine gelben Zähne und eine Zahnlücke im linken Mundwinkel sichtbar wurden. Die fehlenden Zähne hatten ihm angeblich Folterer in seinem Heimatland ausgeschlagen. „Noch Kaffee da?" rief er Inken in der Küche zu. „Ihr trinkt doch Kaffee?"

„Dazu ist jetzt keine Zeit, Gabriel", sagte Moritz ruhig. „Du musst uns sofort zu einer Tankstelle schleppen." Er wies auf Rosi. „Sie hat eine Panne und muss noch heute Abend in die Arbeitsgruppe zurück. Du verstehst, was ich meine?"

Machado warf Enders einen raschen Blick zu.
„Meine Batterie sehr schwach ist", sagte er. „Durch der Kälte. Heute Morgen meine Karre sprang auch nicht an. Beispielsweise. Musste schieben."
„Lass es uns probieren, Gabriel", sagte Moritz mit genervtem Unterton.
Machado musterte Rosi.
„Sie weiß Bescheid", sagte Enders.
Machado war klar, dass Enders in einer Zwickmühle steckte. Nahm er Moritz nicht mit, verlor er einen Freund, mit dem er jahrelang zusammen gearbeitet hatte. Versuchte er Gabi ins Grenzgebiet zu schmuggeln, begab er sich in größte Gefahr und riskierte, seine Familie zu opfern.
Gabi ließ sich nervös auf einen speckigen Sessel fallen.
„Wenn du uns jetzt im Stich lässt", sagte Moritz, "können wir diese Angelegenheit ein für alle Mal vergessen. Und was das für uns bedeutet, ist dir doch klar, oder?"
„Aber wenn es kommt heraus? Was mache sie mit mich? Beispielsweise."
„Wenn wir weg sind, kann dir niemand was nachweisen. Wenn du uns jedoch im Stich lässt, machen wir dir hier das Leben zur Hölle. Beispielsweise", zischte Moritz gefährlich ruhig. „Außerdem wusstest du Bescheid."

„Bescheid? Was Bescheid?"
Moritz wies auf die Schreibmaschine, dann auf Enders. „Seine Schreibmaschine. Die Decke. – Außerdem die Karteikästen. Soll ich nachsehen?"
Machado riss die Augen auf.
„Wenn ich das der *Firma* erzähle…", sagte Moritz. „Halt' mich nur nicht für so dämlich, dass du glaubst, du könntest mir einreden, er hat dir die Sachen geschenkt."
„Ja, ja, schon gut." Machado winkte ab.
Aus der Küche drang Geschirrklappern.
Enders sah auf die Uhr. „Wir müssen los. Wer weiß, was für Typen die Wache abgelöst haben…."
„Okay", schnaufte Machado, setzte seine Mütze auf und zog sich einen Mantel über. Dann ging er zu Inken, die aus der Küche kam, und küsste sie auf die Wangen. Diese zärtliche Zuwendung hatte Enders noch nie bei ihm gesehen. Sie passte auch gar nicht zu seinem Machogehabe.
„Komm nicht zu spät", sagte Inken, die nun die schmutzige Wäsche wütend in einen Korb warf.
Der *Ford* stand nur wenige Häuserblocks entfernt in der Nähe einer Eckkneipe. Im Fond lag Verpackungsabfall, der mit Hilfe aller auf die Straße geworfen wurde.
„Er hat sogar Präservative im Auto", kreischte Gabi und hielt eine Schachtel hoch. „Natürlich West. Die von uns sind dir wohl nicht gut genug, he?"

„Gib her", rief Machado und sah sie mit eisigem Blick an.

„So was", rief Gabi und warf sie ihm zu.

Moritz schabte das Eis von der Windschutzscheibe. „Versuch schon mal zu starten."

Aus dem Torcafé torkelte eine Gruppe grölender Betrunkener und sang *Wir werden niemals auseinander gehen*.

Machado startete den *Ford*, der erst ein wenig leierte, dann aber ansprang.

„Na also", rief Moritz. „Einsteigen."

Sie fuhren durch das dunkle Viertel und bogen in die Straße der Jugend ein. Der *Ford* klapperte hinten und vorn. Auch die Stoßdämpfer schienen im Eimer zu sein, da er in den Kurven schwamm.

Machado steckte sich eine seiner schwarzen Zigaretten an und hielt Enders die Schachtel hin.

„Wenn ihr beide raucht, krieg ich keine Luft mehr", moserte Gabi.

„Mensch!" Machado warf die Zigarette aus dem Fenster. Wenige Minuten später parkte er vor Rosis Wagen.

Enders wurde schwarz vor Augen, als er ausstieg. Du hättest dich niemals auf diesen Scheiß einlassen dürfen, dachte er und sah sich bereits im Gefängnis. Am Militärmuseum irrlichterte eine Taschenlampe zwischen den Bäumen, und auf dem Fußweg zum Heiligen See stromerte ein struppiger Hund. Aus einem der Häuser drang wieder klassische Klaviermusik.

Enders' Blick fiel auf Gabi, die verloren unter einer der Laternen stand. Die Fehlgeburt hat sie fertig gemacht, dachte Enders. Vielleicht wäre sie durch ein Kind wieder aufgeblüht?

„Wo ist die Seil?" fragte Machado Rosi.

„Seil? Was für ein Seil?"

„Was für eine Seil?" äffte er sie nach. „Hä, hä. Sie fragt: Was für eine Seil? Dass ich abschleppe, beispielsweise", rief er.

„Ich hab' keins."

„Sie hat keine! Ich auch nicht. Kommando zurück."

„Das gibt's doch nicht", rief Moritz, lief zum Kofferraum des *Ford* und durchwühlte ihn.

Gabi lachte hysterisch. „Das ist ja phantastisch!"

„Bei mir kannst du auch gleich nachsehen", rief Rosi.

Aus einer der Nebenstraßen schob sich abermals ein Polizeiwagen und fuhr langsam auf sie zu.

Moritz sprang winkend auf die Straße.

„Bist du wahnsinnig?" zischte Enders entsetzt.

Doch Moritz beachtete ihn gar nicht und schilderte den Polizisten gestenreich die Situation. Sie hatten natürlich ein Abschleppseil dabei und halfen auch beim Anbringen. Beide Polizisten schienen Anfang Zwanzig zu sein und wirkten in der Uniform wie verkleidete Kinder.

Rosi trat nervös auf der Stelle.

Der Fahrer des Polizeiautos, dessen Gesicht mit Akne übersät war, musterte Machado misstrauisch. Offenbar war ihm nicht klar, was ein Ausländer mit heimischen Bürgern zu schaffen hatte. „Und wo kommen Sie her?" fragte er Machado.

„Gabriel hat in seiner Heimat für seine Überzeugung mehrere Jahre im Gefängnis gesessen und studiert jetzt an der Hochschule für Filmkunst. Gelegentlich arbeitet er auch als Regieassistent für die Arbeitsgruppe Gönner", sagte Enders. „Gönner, der diese Schachsendung im Fernsehen macht. Den kennen Sie doch sicher?"

Die Augen des Polizisten nahmen einen harten Ausdruck an, wodurch er amtlicher und um einige Jahre älter wirkte. „Kann er nicht für sich selber sprechen? – Ihren Ausweis und Führerschein bitte."

Machado, der ständig nach seinen Papieren gefragt wurde, hielt sie dem Polizisten unter die Nase.

„Überprüf' mal", sagte die Akne zu seinem Kollegen, der zum Polizeiwagen zurück ging.

„Sind Sie auch der Halter von diesem ausländischen Fahrzeug?" fragte die Akne.

„Ja? Warum?" Machados Stimme klang gereizt.

„Dann mache ich Sie darauf aufmerksam, dass Sie stets ein Abschleppseil mitzuführen haben. Heute

sehe ich von einer Ordnungsstrafe ab, aber in Zukunft..." Er brachte den Satz nicht zu Ende und wandte sich an Rosi. „Dasselbe gilt auch für Sie."
Danach ging er in die Knie und betrachtete Machados Reifen. „Die sind runter", sagte er und maß mit einem Streichholz die Tiefe des Profils nach. „Damit kann ich Sie gerade noch fahren lassen." Er richtete sich auf, zog ein Notizheft aus der Tasche und schrieb sich die Autonummer auf. „In drei Tagen melden Sie sich mit neuer Bereifung bei mir. Dienststelle und Zimmer stehen drauf."
Machado wurde blass. Dann ging sein Temperament mit ihm durch. „Drei Tage ist wenig", sagte er aufgebracht. „Wo kriege ich Winterreifen hier, wo, pendejo?"
„Das ist nicht mein Problem. Wenn Sie in drei Tagen keine neuen Reifen haben, wird der Wagen stillgelegt."
„So viele andere Autos habe auch keine Winterreife, gibte nixe."
„Das wird auch überprüft."
„Nein, nein, sie überprüfe nur Ausländer."
„Was wollen Sie damit sagen?"
„Was ich sage." Machados Augen glühten vor Hass und Verachtung. „Wo soll ich Geld hernehme? Ich habe Frau und zwei Kinder. Bekomme nur Stipendium."

„Ich denke, Sie arbeiten auch als Regieassistent."
„Was denke du, was ich da verdiene, he?" Er lachte meckernd.
Enders versuchte, Machado zu beruhigen, doch der schien gerade erst in Fahrt zu kommen. „Schikane, nix weiter!"
„Sie schaden sich und anderen, wenn Sie mit solcher Bereifung unterwegs sind", sagte der Polizist ruhig. „Gerade weil Sie Kinder haben."
Enders saß wie auf Kohlen.
„Können wir das nicht ein andermal regeln?" versuchte Moritz zu schlichten. „Das bisschen Geld kriegen wir schon zusammen, Gabriel."
„Willst du mir gebe, ja? Ich brauche Devise. Diese Reife bekomme ich nur drüben. Beispielsweise. Hast du Devise, ja? Hier keine Reife, keine Keilrieme, nichts, pendejo. Nichts, nichts, nichts. Mierda."
„Es ist gut jetzt, Gabriel", sagte Enders.
„Ich fordere Sie auf, in unserer Sprache zu sprechen und keine ausländische Propaganda zu betreiben."
„Ich sage nur der Wahrheit, cabrón."
„Ich fordere Sie nochmals auf, in unserer Sprache zu sprechen", rief der Polizist. „Wenn sie ausländisch sprechen, könnte ich davon ausgehen, dass es sich um Beamtenbeleidigung handelt."
„Gabriel", rief Enders und hielt Machado am Arm fest.

„Ich im Gefängnis gesesse", rief Machado und riss sich von ihm los. „Beispielsweise. Für der Wahrheit. Wo du noch gar nicht auf die Welt gewese, hijo de puta. Und jetzt wolle Sie mich ausländische Propaganda unterstelle? Mich! Eine Freiheitskämpfer?! Gebe Sie mir die Name von ihre Vorgesetzte. Ich werde mir auch bei die Botschaft beschwere."
Die Akne war jedoch nicht aus der Fassung zu bringen. „Beschweren Sie sich ruhig. Die abgefahrenen Reifen sind Fakt. Und dass Sie hier Propaganda betreiben auch. Das hat mit Wahrheit nichts zu tun, wenn Sie behaupten, dass bei uns alles Scheiße ist, das hat mit Wahrheit nichts zu tun. Das ist schlimmste Propaganda."
Machado streckte theatralisch die Arme vor und rief wie ein Schmierenkomödiant: „Na dann, verhafte Sie mir doch. Beispielsweise."
„Beispielsweise? Was meinen Sie damit? Wir verhaften niemanden beispielsweise", sagte die Akne.
Der andere Polizist überreichte Machado die Papiere. „Alles in Ordnung." Er warf der Akne einen bedeutungsvollen Blick zu und machte ein unauffälliges Zeichen.
„Gut, dann fahren wir jetzt", sagte die Akne.
Enders fragte sich, was das Zeichen zu bedeuten hatte. Dass Machado ein Mitarbeiter der *Firma* war? Doch seit wann wusste die Polizei über Inter-

na der *Firma* bescheid? Nein, das war unmöglich. Oder doch? Gab es irgendeine neue Verfügung? Mit diesen Gedanken stieg er wieder in den *Ford*. Moritz und Gabi saßen schon auf den hinteren Sitzen. Rosi hatte sich ans Steuer geklemmt, und die Polizisten fuhren mit Blaulicht ohne Martinshorn vorweg.

Enders starrte auf die Rücklichter des Polizeiwagens, der in angemessenem Tempo fuhr. Die Köpfe der Polizisten wirkten wie Schemen. Dunkle Häuserzeilen glitten vorbei. Die Laternen trugen Schneekappen.

„Idiote", schimpfte Machado. „Noch nicht grün an die Ohre, aber mich Vorschrifte mache. Mierda!"

„Wenn du dich nicht so aufgeblasen hättest, hätte sich das alles gar nicht so hochgeschaukelt", rief Moritz.

„Wenn du diese Idiote nicht angehalten, ich keine Probleme."

„Und wir kein Seil."

„Mierda", rief Machado und ballte eine Faust.

„Ist ja gut, Gabriel", versuchte ihn Enders zu beruhigen.

„Nichts gut. Ohne Auto ich bin erledigt. Habe keine scheiß Gelde. Was soll ich mache, he? Wie zur Arbeitsgruppe komme? Fahre mit die Bus? Straßenbahn? Weißt du, wie lange dauert das von meine

Wohnung? Außerdem ich bekomme Gelde, wenn ich mit die Karre fahre für der Arbeitsgruppe."
„Scheiß dir nicht in die Hose. Wir kaufen dir drüben neue Reifen", rief Moritz wütend.
Wenige Meter hinter der Kreuzung tauchte endlich die Tankstelle auf. Die Polizisten hatten vor einem der Garagentore geparkt und sprachen mit dem Tankwart, einem dickbäuchigen Mann mit ölverschmierten aufgeschwemmten Händen. Er winkte Machado an ein anderes Garagentor.
Enders starrte auf seine Uhr. Anderthalb Stunde war bereits vergangen, in der sich die Situation im Grenzgebiet verschärft haben konnte; Hanslick abgelöst worden war und andere Befehle durchgegeben werden konnten; Grenzer wieder mit Hunden patrouillierten.
„In drei Tagen", sagte die Akne zu Machado. „Das andere will ich vergessen."
Machado schäumte innerlich, nickte aber nur.
Rosi erklärte dem Tankwart das Problem. Er öffnete die Motorhaube und zog an verschiedenen Kabeln. „Die sitzen fest", sagte er und bat sie, den Motor zu starten. „Die Batterie ist's auch nicht. Hat genügend Saft."
Gabi kam von der Toilette zurück und setzte sich neben Moritz in den *Ford.* Enders sah, wie er auf sie einredete.

Rosi betätigte mehrmals den Starter, bis er zu leiern begann.

„Okay", rief der Tankwart. „Die Batterie wird sonst alle."

Enders hüpfte auf der Stelle, um die kalten Beine zu durchbluten. Die Zeit zerrann. Am liebsten wäre er zu Fuß nach Hause gelaufen.

„Geht's vorwärts?" rief Moritz.

„Wahrscheinlich der Verteiler." Rosi wies auf den Tankwart, der in seiner Werkstatt verschwunden war und in verschiedenen Kisten kramte. „Er schaut mal nach, ob er Ersatz hat."

Moritz kam auf Enders und Machado zu. „Sie hat irgendwas manipuliert", zischte er. „Ich hab' ihr von Anfang an misstraut."

„Was soll sie denn manipuliert haben?" fragte Enders. „Sie hat ja gar keine Ahnung vom Motor."

„Das glaub' ich nicht. Vielleicht hat sie den Tipp sogar von dir?"

„Ist das dein Ernst?" fragte Enders wütend.

„Hört auf. Keine Streit jetzt", rief Machado und schob sich zwischen sie.

„Was bist du nur für ein Freund", rief Gabi, die inzwischen auch herangekommen war. Sie spuckte aus.

Enders wurde noch wütender und ging zur Garage. Moritz, Gabi und Machado folgten ihm.

Der Tankwart betrachtete den Wagen. „Heute wird das nichts mehr, Jugendfreund. Ein neuer Verteiler kann zwei Wochen dauern."
Moritz starrte ihn ungläubig an. Gabi lachte hysterisch.
Der Tankwart warf ihr einen irritierten Blick zu, und Enders fiel eine Last von der Seele.
„Kann man das auch manipulieren?" fragte Moritz den Tankwart.
„Manipulieren? Klar doch. Du kannst alles manipulieren, Jugendfreund."
„Würden Sie sagen, dass bei diesem Auto manipuliert wurde?"
„Sowas kannst du nur schwer feststellen. Wieso?"
„Nur so."
„Was ist denn das für eine Frage?" rief Rosi empört.
Moritz zog Enders beiseite. „Du gehst doch nicht ohne uns? Ich meine..." Er wirkte hilflos und verstört. Er beschwor nochmals ihre Freundschaft und die gemeinsame Vergangenheit. „Ich besorg' für morgen einen Wagen", flüsterte er. „Morgen ist Sonnabend. Wir haben noch Zeit."
„Okay."
„Gib mir dein Ehrenwort."
Enders gab ihm sein Ehrenwort. Nur weg, dachte er.

„Wir machen's gleich morgen früh", flüsterte Moritz. „Wenn Gabi erst mal drin ist, können wir uns die günstigste Zeit aussuchen." Er drehte sich um und starrte auf Machados Wagen. „Mist, dass er einen Break hat."

„Und wer fährt mich jetzt nach Hause?" rief Rosi. Sie wohnte dreißig Kilometer entfernt in einer Kleinstadt mit ihrer Mutter zusammen. „Ich muss morgen früh zum Dreh nach Lobewelt. Hab' außerdem noch einiges vorzubereiten." Sie wandte sich an Machado. „Fährst du mich? – Ich bezahl' dir auch das Benzin."

„Nein. Ich spendier' dir ein Taxi", sagte Enders. Er zog einen Hunderter aus der Tasche, da er sich von der Bank nur Hunderter erbeten hatte.

„Das ist doch viel zu viel."

„Ich hab's nicht anders."

„Und was ist mit uns?", rief Gabi.

„Ich nehme euch mit", sagte Rosi und ging ins Büro der Tankstelle, um ein Taxi anzurufen.

„Ich kann mich doch auf dich verlassen?" vergewisserte sich Moritz.

„Mach dir keine Gedanken", sagte Enders.

17 UHR HAUPTBAHNHOF

Machado fuhr über die Brücke. Über die Häuserwände schoben sich riesige Schatten, wenn die Scheinwerfer des *Ford* die wenigen Fußgänger erfassten. Ein Hund mit zottigem Fell überquerte humpelnd die Straße und warf ihnen einen prüfenden Blick zu.

„Du habe Schiss?" fragte Machado.

„Nee, bin vollkommen cool", sagte Enders mit Galgenhumor.

„Claro." Machado wirkte nervös. Er sah Enders prüfend an. „In Bogotá wir habe eine Bank ausgeraubt damals. Wir alle hatte Schiss. Zwei Mann sind gegange drauf. Aber wir hatte die Gelde. Fünf Millione für Kalaschnikow und Granate. Damit habe wir sie eingeheizt." Er grinste. „Sind gelaufe wie die Hase. Darf man niemals gebe auf, nie. Willst du lebe, musst du kämpfe."

Er beugte sich vor und wischte mit dem Jackenärmel die angelaufene Windschutzscheibe klar. „Scheiße Karre. Nie du weißt, wann sie dir lässt im Stich."

Enders rieb sich über die kalt gewordene Stirn; dann blies er sich auf die Hände. Dabei dachte er an Hanna. Wahrscheinlich ist sie schon ausgerastet, glaubt, dass was Schlimmes passiert ist und dreht durch. „Hast du vielleicht noch ne Lulle für mich?" fragte Enders, um sich abzulenken. Zudem wunderte er sich, dass er bei all den Ereignissen relativ ruhig geblieben war.

Machado reichte ihm das Zigarettenpäckchen und sein Feuerzeug.

Beim Rauchen fragte sich Enders, wie er Schaber ausschalten könnte.

„In ein paar Stunde und du bist drübe."

„Oder tot."

„Darfst du gar nicht denke das, Mensch."

„Heute hat sich bei uns ein Typ eingenistet, von dem ich nicht weiß, ob er von der *Firma* ist."

„Eh?!" Machado riss die Augen auf.

„Wenn er uns in die Quere kommt…"

„Musst du ihm gebe eins auf der Rübe. Was bleibt dich anderes übrig? – Keine Risiko, Mensch."

Enders blies den Rauch an die Windschutzscheibe, die wieder anzulaufen begann.

„Ich bin kein Mörder."

„Hast du Frau und Kinde, Mensch."

„Ja, das ist ja die Scheiße!"

„Willst du in die Knast? Oder tot sein? – Diese Typ kennt auch keine Gnade."

Klack, klack schepperte es laut vom Fond.

„Hast du das gehört?" fragte Enders erschrocken.

„Die Lager. Klappert schon einige Tage."

Das Grenzgebiet war noch mindestens fünf Kilometer entfernt. Diese Strecke zu laufen, war der absolute Alptraum.

„Kostet mir auch wieder eine Schweinegelde. Beispielsweise. Devise. Die Kinder brauche Schuhe, Esse. Inken eine warme Mantel. Nur: woher soll ich nehme die Gelde? Das bisschen, was ich in die Arbeitsgruppe verdiene, isse nixe." Machado sah Enders von der Seite an. Offenbar wollte er herausfinden, ob er seinen Wink verstanden hatte.

Enders erinnerte sich an den Schaffellmantel von Inken und dachte: Schlitzohr.

In Richtung Grenzgebiet begegneten ihnen nur noch wenige Autos. In der Ferne blinkte ein roter Stern und signalisierte volle Planerfüllung. Rechts, auf der Anhöhe, leuchtete das Emblem der Partei.

„Haben sie dich eigentlich nie zu ködern versucht?"

„Ködern? Wer?"

„Wer wohl?"

„Glaubst du, dass ich wäre hier, wenn ich nix arbeite für sie? Anwerbung ist die Anfang, wenn eine Ausländer ihre geheiligte Bode betritt. Alle Ausländer arbeite für sie mehr oder weniger. Als Dankbarkeit. Wenn du in diese Staat studierst umsonst und hast politische Orientierung, mit welche Argumente willst du ablehne?!"

„Hast du gar keinen Schiss, dass man dich eines Tages entdeckt?"
„Ich hier mache, solange geht. Sie habe mich Diplom versproche, wenn ich für sie auch in die Ausland arbeite."
„Wenn du mich verpfeifen würdest..."
„Meinst du, ich nehme das auf meiner Seele? Du hast mich geholfe bei meine Arbeit. Gelde geliehe. Ich bin keine Schwein. Eine Kumpel verrate? Niemals."
Enders dachte, dass es das Beste wäre, Machado den Tausender, den er ihm vor zwei Monaten geliehen hatte, zu schenken. „Den Tausender kannst du behalten, Gabriel."
„No, no. Ich will nicht ausnutze deine Notlage. Oder wie sagt man?"
„Auch die Schreibmaschine und die Decke. Kann mir das Zeug ja drüben wieder kaufen."
„Wirklich?"
„Ein Andenken an unsere Freundschaft. Nur die Karteikarten und Manuskripte musst du mir bringen."
„Claro. Nixe Problem. Sonntagnachmittag? 15 Uhr? Oder besser Abend? 17 Uhr? Hauptbahnhof. Ich hab' da noch eine andere Termin sowieso. Und es isse dunkel."
„Okay. Hauptbahnhof, 17 Uhr. Sonntag."

Der *Ford* bog in eine Nebenstraße ein, die zum Grenzgebiet führte.

Machado hielt an. „Iss besser, wenn sie mich nicht sehe an die Schranke."

„Ja." Enders grauste vor dem zwanzigminütigen Weg bis zur Arbeitsgruppe, doch er sah ein, dass Machado recht hatte, da die Grenzer die Ein- und Ausfahrten registrierten. „Also bis Sonntag", sagte Machado und reichte Enders die Hand. „Alles Gute. Ich drücke dich die Daume."

DIE OBSERVATION

Hanna saß blass im Arbeitszimmer und starrte Enders an wie einen Geist. Sie hatte sich zwei Decken um die Beine geschlungen und die Ohrenklappen unter ihrem Kinn verschnürt, obwohl der Elektroofen glühte. Nur die Schreibtischlampe brannte und beschien ihren Körper von hinten, so dass er einen riesigen Schatten auf die gegenüberliegende Wand warf.

„Endlich!" rief Hanna, riss sich die Decken vom Körper und stürzte auf ihn zu. „Ich hab' schon gedacht, sie haben dich verhaftet." Sie sah ihn mit einem verzweifelten Blick an.

„Wo sind denn die anderen? Unten?"

„Nein."

„Wo denn dann?"

Nachdem Enders geschildert hatte, was geschehen war, sagte sie „Gott sei Dank", schwieg eine Weile, atmete tief durch und sagte dann: „Ich glaube, in der Villa sitzt einer."

Enders erschrak. „Glaubst du oder weißt du?"

„Hundertprozentig natürlich nicht."

Enders warf sich in den Sessel; fühlte sich leer und ausgebrannt. Die Augenlider lasteten wie Steine auf seinen Augen.

„Ich kann nicht mehr denken, bin wie gelähmt", schluchzte Hanna.
Enders nahm sie in den Arm und streichelte sie, bis sie sich beruhigte. „Ich geh' nochmal rüber und seh' nach. Wenn du eine Patrouille bemerkst, machst du das Fenster auf und fasst dir mit der Hand an die Stirn, als ob du Kopfschmerzen hättest. Dann schließt du es wieder. Okay?"
Hanna nickte. „Sei vorsichtig." Sie schob sich auf die Zehenspitzen und gab ihm einen Kuss auf die Wange.
Enders glaubte, wieder zu fiebern und nahm eine Tablette. Danach schlich er sich vor die Tür von Schaber, aus deren unterer Ritze Licht schimmerte. Stille. Dann das Knarren der Diele und wieder Stille.
Enders hastete die Treppe hinunter und öffnet so leise wie möglich die Haustür. Ein eisiger Wind fuhr ihm entgegen. In der Regisseursvilla ging das Licht kurz an und wieder aus. Den Schubertschen Wintergarten nahm er in der Dunkelheit nur in Umrissen wahr. Er schlich zu den Bäumen, um den hinteren Weg zu beobachten, den sie von ihrem Fenster aus nicht sehen konnten. Natürlich auch das Innere der Villa, die ebenfalls dunkel war. Irgendwann musste auch ein Scharfschütze pinkeln oder eine Zigarette rauchen.

Die Patrouille näherte sich vom Postenweg an der Regisseursvilla. Enders sah, wie Hanna das Fenster öffnete, sich an den Kopf fasste und es wieder schloss.

Enders presste sich an den eisüberkrusteten Stamm einer Tanne, als sich die Grenzer näherten. – Wenn die Schubert Licht anmacht, bist du geliefert, dachte er.

Die Grenzer öffneten und schlossen die Tür der Villa. Ein diffuser Lichtschein huschte über die Wände und wanderte über die Seitenfenster ins obere Stockwerk.

Wieder krallte sich die Angst in seinen Nacken und schnürte seinen Brustkorb ein. Das Dachfenster konnte er von seiner Position aus nicht sehen. Er musste an die Straße und riskieren, dass die Grenzer ihn entdeckten. Er huschte geduckt an der Tür der Villa vorbei und warf sich hinter einem der Büsche in den Schnee. Er zitterte vor Kälte. Die Nasenspitze schmerzte. Die Kälte wirkte wie ein Aufputschmittel und verschärfte die Geräusche.

Im Fenster bemerkte er einen Lichtschein; dann das Aufglimmen einer Zigarette. Also doch! dachte er und sah sich schon tot im Schnee vor der Mauer liegen. Er rappelte sich auf und kroch im Schatten des Busches auf den freigeschaufelten Weg zurück. Von dort lief er zu seinem alten Standort und warf einen Blick auf die Uhr. Elf Uhr dreißig. Koschwitz kam wahrscheinlich nicht mehr. Im Fenster des Dirigenten brannte noch Licht. Das Fenster von Schaber befand sich auf der linken Seite und war nicht sichtbar.

Der Lichtschein bewegte sich die Treppe herunter. Durch eines der Flurfenster fiel er direkt auf die verschneiten Äste einer Tanne und erlosch. Schließlich war er nur noch in der Etage sichtbar, als ob die Patrouille die einzelnen Räume kontrollierte. Dann näherte er sich der Tür.

Enders presste sich an den Baum und hörte, wie die Tür geöffnet wurde und unverständliche Stimmen. Er wagte nicht, sich vorzubeugen; hörte nur, wie die Grenzer die Tür absperrten. – Schloss man ein Haus ab, in dem sich jemand befand? Oder war es eine Sicherheitsmaßnahme, um zu verhindern, dass ein Flüchtender den Scharfschützen überrumpeln könnte? Dass der Scharfschütze floh? Hatte einer der beiden Grenzer im oberen Zimmer geraucht?

Ihre Schritte knirschten im Schnee; das Gartentor öffnete und schloss sich.

Um ganz sicher zu sein, schlich sich Enders zum Haus und starrte durch die unteren Fenster. Dunkelheit! Danach huschte er zum Gebüsch, um nochmals einen Blick auf das Giebelfenster zu werfen. War da nicht wieder das Glimmen? Oder litt er schon an Halluzinationen? Hockte in dieser verdammten Villa tatsächlich der Tod?

In der Ferne knatterte das typische Zweitaktergeräusch eines Jeeps. Enders warf sich abermals hinter einen der Büsche und hielt den Atem an.

Der Jeep bremste vor dem Gartentor, fuhr jedoch kurz darauf weiter.

Enders atmete auf und starrte zum Giebelfenster. Saß dort der Schweinehund, der sie kaltblütig umbringen würde?!

Er rutschte mit einem unguten Gefühl im Bauch über die Straße zurück. Stille. Er starrte auf das Westhaus. Dann zur leergeräumten Villa. In wenigen Stunden würden sie auf der Mauer stehen und ihre Vergangenheit hinter sich lassen. Wenn alles gut ging.

„Und?" fragte Hanna, als er wieder das Zimmer betrat.

„Alles okay."

„Ganz sicher?"

„Ja. Mach' dir keine Gedanken."

IST ER TOT?

Eine dreiviertel Stunde nach Mitternacht bugsierte Enders die Leiter aus dem Keller und versteckte sie mit den Rucksäcken im Garten hinter den Büschen. Der Dirigent hatte das Licht gelöscht. Nur bei Schaber brannte es noch. Lag er auf der Lauer oder war er eingeschlafen? Wenn er eingeschlafen war, könnten wir uns durch das Abschalten der Hauptsicherung Gewissheit verschaffen, dachte Enders. Schlief er, würde er vermutlich weiter schlafen. Schlief er nicht, käme er mit Sicherheit nachsehen.
Die Patrouillen waren in den letzten beiden Stunden mit einer gewissen Regelmäßigkeit erschienen. Die leergeräumte Villa lag im Dunkel.
Hanna und Enders lauschten im Flur. Hin und wieder knackten die Rohre. Ansonsten herrschte Stille. Sie wagten kaum zu atmen.
Enders zog den Hammer aus dem Parka und zögerte. „Wenn ich ihm damit eins verpasse, ist er tot", flüsterte er.
Hanna sah erschrocken zu ihm auf.
„Gibt's denn in der Küche nichts? Irgendein Holzbrett oder irgendwas, das ihn nicht gleich…?"
„Wenn ich ihn nicht richtig treffe… Auf einen Kampf kann ich mich nicht einlassen."
„Das hättest du dir früher überlegen sollen."

„Ja, ja, ja. Es ist mir leider nichts eingefallen. Ein Messer ist zu umständlich. Wenn er von der *Firma* sein sollte, ist er auf solche Angriffe trainiert. Es wird mir gar nichts anderes übrig bleiben..."
„Nein, keinen Mord. Den schleppst du ein Leben lang mit dir herum."
„Möchtest du lieber, dass er uns ans Messer liefert?"
Hanna schwieg.
Durch das vereiste Flurfenster blinkte die rote Signallampe vom Umsetzer auf der Westseite. Eine Bö rüttelte an den Fensterläden.
„Und wenn du's mit einer von den Schnapsflaschen versuchst?" fragte Hanna zögernd.
Schnapsflasche! Die wollte er ja schon bei Moritz einsetzen. Seltsam, dass ihm das nicht wieder eingefallen war! Er lief in sein Arbeitszimmer und griff sich die Wodkaflasche. Danach lief er wieder zu Hanna zurück. „Ich geh' jetzt zu ihm", flüsterte er.
Hanna sah ihn erwartungsvoll an und bemerkte seine Nervosität.
Enders' Müdigkeit war verflogen; sein Kopf von seltsamer Klarheit. Er drückte sich an die Wand und atmete flach. Wenn es mit der Flasche schief gehen sollte, konnte er immer noch den Hammer einsetzen. Bei diesen Gedanken beugte er sich vor, entdeckte

einen Schlüssel im Schlüsselloch und presste sein Ohr an die Tür. Stille. Plötzlich ein leises Quietschen, als ob Schaber sich im Bett bewegte. Dann herrschte wieder Stille.

Enders wartete eine Weile. Als nichts geschah, schlich er zur Empore und gab Hanna das verabredete Zeichen.

Das Licht in Schabers Zimmer erlosch.

Enders' Körper spannte sich.

Komm endlich, dachte er und umkrampfte die Flasche.

Quietschen des Bettes und vorsichtige Schritte zur Tür.

Schaber fluchte.

Enders umklammerte die Flasche. Seine Hände schwitzen. Er hatte Bedenken, nicht fest genug zuzuschlagen; Angst, dass Schaber ihn überwältigen, fesseln und mit einem sieghaften Grinsen den Typen der *Firma* ausliefern könnte.

Der Schlüssel drehte sich im Schloss. Schaber schob vorsichtig den Kopf aus der Tür; leicht vorgebeugt, als ob er einen Schlag erwarten würde. Dann blieb sein Blick an Enders' Hose haften und schwenkte langsam hoch. Enders zögerte.

Schaber grinste. „Was machen Sie denn hier?"

In diesem Augenblick schlug Enders mit aller Wucht zu und hörte ein leises Knacken. Schaber fiel zu Boden. Seine Glieder zuckten; die Augen starrten verdreht an die Decke.

Enders zog ihn an der Schulter ins Zimmer. Er war schwerer als gedacht. Ein stinkender Furz krachte in die Stille.

Erst im Zimmer entdeckte er den Blutfaden an Schabers Kinn. Er zog ihn keuchend zum Bett auf einen schäbigen plüschigen Teppich. Dann hielt er nach Waffen Ausschau. Keine Pistole! Jedenfalls nicht sichtbar; nur der Feldstecher lag auf dem Tisch.

„Ah...ah... krch", krächzte Schaber und starrte Enders ängstlich an. Seine Glieder zuckten noch immer. „Ah... ah... krch." Er versuchte, die Arme zu heben, doch es gelang ihm nicht.

Inzwischen war Hanna die Treppe hoch gehastet und stand schwer atmend in der Tür. „Mein Gott", sagte sie. „Warum zittert er denn so?"

„Ah... Ah... krch", stöhnte Schaber wieder.

„Ich muss ihn fesseln", sagte Enders. „Ich brauche Schnur oder irgendwas anderes."

„Wo soll ich denn jetzt Schnur hernehmen?" fragte Hanna.

„Wir werden doch irgendwo Schnur haben!"

Schaber stöhnte.

„Denk nach, Hanna, bitte, denk nach", sagte Enders verzweifelt und ärgerte sich, dass er so vieles nicht bedacht hatte. Er zog Schaber schwer atmend in den Raum.

Auf der anderen Seite des Flurs flog die Tür des Dirigenten auf. „So ein Scheißladen hier!" rief der Dirigent, stolperte und fing sich am Stufengeländer gerade noch ab. „Jetzt ist auch noch das Licht aus." Er schien betrunken zu sein und wankte die Treppe hinunter.

Enders schloss die Tür leise von innen und drückte sich mit dem Rücken dagegen.

Schaber stöhnte wieder und versuchte, sich aufzurichten.

„Liegen bleiben!" Enders lief zu ihm, presste ihn auf den Boden und stopfte ihm ein Taschentuch in den Mund.

Schaber zuckte wie ein Spastiker. Er schien kaum Luft zu bekommen, wollte sich das Taschentuch aus dem Mund reißen, brachte die Arme aber nicht mehr hoch.

Die Rohre knackten. Der Wind rüttelte an den Fensterläden.

Schaber verdrehte die Augen, als ob er abnibbelte.

Enders schlug ihm mit der flachen Hand ins Gesicht. „Eh, eh, eh!"

„Jetzt ist auch die Haupttoilette eingefroren", rief der Dirigent und schwankte die knarrende Treppe herauf.

Schabers Kopf lag zur Seite gedreht. Er stöhnte dumpf.

Als die Tür des Dirigenten klappte, brachte Hanna Schnur, und Enders fesselte Schaber die Hände auf den Rücken.

„Was hast du denn mit ihm gemacht? Ist er tot?" fragte Hanna entsetzt.

„Nein, verdammt."

„Nimm ihm doch das Taschentuch aus dem Mund!"

„Dass er das Haus zusammen schreit?"

„Aber er kriegt doch kaum Luft."

„Immer noch genug durch die Nase", sagte Enders. „Mach jetzt kein Theater, Hanna, kümmer' dich um Tommy."

„Und wenn er stirbt?"

Darauf können wir jetzt keine Rücksicht mehr nehmen. – Kümmer dich um Tommy! Ich geh runter und hohl' die Leiter."

DIE FLUCHT

Enders schob sich mit geschulterter Leiter in die Nähe des Ausgangs. Kein verdächtiges Geräusch weit und breit! Sie mussten nur die nächste Patrouille abwarten, dann konnten sie es wagen. Durch das vergitterte Fenster fiel der Blick auf den Giebel der leergeräumten Villa. Das Fenster war durch den Drahtaufsatz der Mauer verdeckt. Enders schluckte. Fünf Schritte in die Freiheit, fünf Schritte in den Tod, dachte er. Einzig wichtig ist, dass Tommy und Hanna heil aus der Sache heraus kommen und Schaber nicht doch noch verreckt.
Die Grenzer in den Schneeanzügen fielen ihm nicht sofort auf. Er hatte nur ihre Schritte gehört. Kurz vor der Regisseursvilla schälten sie sich aus dem Dunkel und betrachteten den Maschendrahtzaun. Dann gingen sie langsam weiter, vom Licht der Laternen beschienen.
„Schau mal", sagte der eine mit heiserer Stimme. „An der Mauer hinten ist der Scheinwerfer aus. Da müssen wir Meldung machen."
Enders erschrak.
„Gehen wir zurück?"
„Ja, gehen wir zurück. Wer weiß, was da ist."
Die Tür zum Park stand noch offen. Die weißen Vorhänge bewegten sich im Wind.

Hanna schlich zur Eingangstür und lauschte. Als die Grenzer hinter der Kurve verschwanden, überquerte sie vorsichtig die Straße bis zum Bürgersteig und sah sich um. Kein verdächtiges Geräusch! Die Scheinwerfer beleuchteten den Grenzweg und die Regisseursvilla.
Die Mauer, die die Straße querte, lag tatsächlich zur Hälfte im Dunkel.
Weit und breit war niemand zu sehen.
Im Wintergarten der Schubert flammte Licht auf.
Hanna erschrak und lief zum Foyer zurück. „Bei der Schubert brennt plötzlich Licht", flüsterte sie.
„Egal. Wenn sie irgendjemanden verständigen sollte, sind wir längst drüben."
Tommy tastete nach der Hand seiner Mutter. „Ich hab' Angst, Mama", flüsterte er.
„Wenn du schön leise bist, brauchst du keine Angst zu haben", beruhigte ihn Hanna.
„Ich geh' zuerst", sagte Enders. „Sieh noch mal nach, ob die Luft wirklich rein ist."
„Du bleibst noch hier", flüsterte Hanna Tommy zu und ging wieder auf die Straße. Der Wind fuhr in den Drahtverhau. Ein wenig Schnee löste sich und fiel auf die Straße.
Enders beobachtete Hanna durch die offene Tür. Sie schaute in verschiedene Richtungen, horchte angespannt und winkte ihm zu.

Er sah auf die Uhr, dann zum Giebelfenster. Los! Seine Knie wurden weich. Er stellte sich vor, wie ihn der Scharfschütze ins Visier nahm, um ihn abknallen zu können.

Tommy war plötzlich verschwunden. Die Leiter abzusetzen, bedeutete Zeitverzögerung. Rufen war unmöglich. Also schob er das Monstrum behutsam hinaus. Er wird schon wiederkommen, dachte er.

Die Füße balancierten vorsichtig die vereiste Treppe hinunter. Ein Gemisch aus Angst und Erschöpfung trieb ihm trotz der Kälte Schweiß auf die Stirn. Er dachte an Gabi, Moritz und Rosi, die wahrscheinlich schon schliefen. Machado würde sicher noch wach sein. – Bin das wirklich ich? dachte er und fühlte sich wie vor einer Hinrichtung. Der Scharfschütze brauchte nur abzuwarten, bis er das Drahtgeflecht erreichte, um ihn ins Jenseits zu befördern.

Bis zur nächsten Patrouille blieben noch ungefähr fünfzehn Minuten. Falls sich tatsächlich eine Kamera im Giebelfenster befand, hatten sie ihn längst auf dem Bildschirm und schlugen Alarm.

Die Mauer wirkte wie eine Eiswand im Licht der Scheinwerfer. Erst jetzt fiel Enders wieder ein, dass er die Auflagestelle der Leiter mit Lappen umwickeln wollte. Nun musste er doppelt vorsichtig sein! Er befand sich in der Mitte der Straße. Die Mauer war nur wenige Meter entfernt. Das Licht vom Wintergarten der Schubert schimmerte gelblich auf dem Schnee.

„Tommy ist weg", flüsterte Enders Hanna zu und schob die Leiter an die Mauer. Sie rutschte Gott sei Dank nicht ab.

Hoffentlich erwischt Hanna Tommy noch, dachte er. Die Stille erschien ihm wie eine tödliche Falle. Die leise knarrenden Leitersprossen drückten durch die Sohlen. Er drehte sich um und konnte weder Hanna, noch Tommy entdecken. – War da nicht ein Motorgeräusch? Enders zögerte, lauschte. Nein, kein Motorgeräusch. Er war jetzt nahe am Drahtaufsatz, hatte den Kopf zwischen die Schultern gezogen und erwartete den Schuss. Er schob sich nur wenige Zentimeter am Drahtaufsatz hoch. Lieber tot als im Knast, schoss ihm durch den Kopf. Wenn sie dich killen, sind wenigstens Hanna und Tommy in Sicherheit. Wenn nicht, ist der Spuk vorbei.

Der Wind fegte ihm eine Ladung Schnee ins Gesicht, der auf der Haut zu brennen schien. Er fuhr sich mit der Hand über die Augen. Jetzt müsste er schießen! dachte er und genoss jeden Atemzug; genoss die Kälte und sah zum bewölkten Himmel auf, von dem feine Schneeflocken fielen. Hoch! Weiter! Er schob den Kopf zentimeterweise über den Verhau. Die Stille stach ihm schmerzhaft in den Kopf.

Bei einem Blick auf den Wintergarten entdeckte er die Schubert, die ihm zuwinkte und Kusshändchen zuwarf. Dann ballte sie Fäuste, als ob sie ihm die Daumen drücke. Alles in ihm versteifte sich in Erwartung der Todeskugel. Er schob sich vorsichtig über das Drahtgeflecht. Hinter der Riffelglasscheibe flammte plötzlich ebenfalls Licht auf, so dass die Mauer hell erleuchtet war. Kein Schuss! Er atmete tief ein und lauschte. Alle Schwere fiel von ihm ab. WIR HABEN ES GESCHAFFT!!! Die Wolken waren aufgerissen und gaben den Blick auf die Sterne frei. Hanna, Tommy! Wo seid ihr?! Kommt endlich. Wir haben es geschafft! Wie leicht das war!
Enders hörte Motorgeräusch.
Hanna und Tommy erschienen in der Tür und rannten auf die Leiter zu. „Bleibt", schrie er. „Zurück!"
Doch sie schienen ihn in der Aufregung nicht zu hören.
Schüsse krachten, und er sprang von Angst gepackt von der Mauer auf die andere Seite. Ein Schmerz riss durch seinen Körper. Er lag direkt an der Mauer, das Gesicht im Schnee. Er hörte den stoppenden Motor und die Stimmen.
„Sind sie beide hin?" fragte die Eunuchenstimme.
„Ja, beide", sagte Hanslick.
„Da winkt Ihnen eine Beförderung, Hanslick."
Danach verlor Enders das Bewusstsein.